所谓集

高彦平 / 著

西北大学出版社

图书在版编目（CIP）数据

所谓集／高彦平著.—西安：西北大学出版社，
2016.11

ISBN 978 - 7 - 5604 - 3969 - 3

Ⅰ.①所… Ⅱ.①高… Ⅲ.①诗集—中国—当代
Ⅳ.①I227

中国版本图书馆 CIP 数据核字（2016）第 296350 号

所谓集

著　　者：高彦平
出版发行：西北大学出版社
地　　址：西安市太白北路 229 号
邮　　编：710069
电　　话：029-88303042
经　　销：全国新华书店
印　　装：陕西博文印务有限责任公司
开　　本：787 毫米×1092 毫米　1/32
印　　张：8.5
字　　数：142 千字
版　　次：2017 年 1 月第 1 版第 1 次印刷
书　　号：ISBN 978 - 7 - 5604 - 3969 - 3
定　　价：42.00 元

目录

形謂集

形謂集

形謂集

形謂集

一样的河西河东

几十年后，用手摸抚庞儿

惊问这若千年

还少岁月的印记

我只得将你的头发

挽成一个髻，扮成

我的小妇人

——摘自《神似》

馈　秋

刚才，碧绿的蚂蚱
踩跳过的
金黄色的南瓜花上
再飘落
翩翩的彩蝶
身着
流行的大花彩裙

我要将这浓缩的金秋
制成一页书签
于是，扑一只蝶儿
掐一朵黄花
留下这永恒的瞬秋
安放于《情爱论》
等你去阅读

1987. 8. 14

雨花石

雨花石，晶莹、瑰丽……
全是痴男情女的泪花，清纯、冷湛
倘若石上是一幅画
便是苦涩的泪的侵蚀
倘若石上有一圈圈的涟漪
便是泪水还在滴答

我们拣起自己的
一颗颗泪珠——雨花石
分明凝映着
六千年前我的愁容
五千年前你的欢颜
只缘你的故

新泪还在淌着
老泪也留它不住
唉，留不住的泪如雨

1987.8.29

金丝鸟

喻你以金丝鸟
久在我心的樊篱
谛听你声声的婉转
感受你轻啄的瘙痒
振翅的鼓荡
这些是我的心事

为你写一首惜爱的小诗
你却谱以林中的旋律
我的樊篱
已经是毁灭性的空荡

1987. 10. 9

酒　心

把你自己的心，浸泡在
为我备的啤酒里
期待着，一个中秋的明夜
因为圆月躲进了薄云
便多了一层淡黄的光色
添了一圈嫩黄的光晕
恰如你浸泡的酒心
增了多般的滋味
月下捧着，候我
散发着不尽的醇香
入口的有一种
清爽甘苦的
口感
到心里的就是
热乎乎地烘暖身心
甜丝丝地带一缕辛辣的
相思

1987.10.12

神　似

爱你扮作猫儿的脸
神似，仿佛你的一生
妩媚和温顺和童心
永不枯竭。还会时常
现出忘年的乐极
几十年后，用手摸抚庞儿
惊问这若干年
还少岁月的印记
我只得将你的头发
挽成一个鬏，扮成
我的小妇人

1987. 10. 27

青 杏

爱你像一粒青杏
生在枝叶间，挂着希望
而无熟期
好融进我的光热
飘溢着早春的嫩香
回荡着孩童们心底的爽笑

我怕那成熟的果
带走你茸茸的童年
少了绿色，少了青小质实的奇趣
辜负了古人代我赞你的
"花褪残红青杏小"

1987. 11. 4

小　别

小别，留给我一个冬天

别了春日和煦阳光中的踏青

嵌一个合影在镜框

别了夏夜牵牛星下习习风儿的爱抚

共用一张轻柔的手

别了秋天荷塘月色里的柔情重温

摘一片莲叶遮住

如今留给了一个冬天

只有别前启车时

要一个手炉揣在怀里

又可惜车启得早

留下一个冬天的冰道

延伸着，延伸着

直到别了小别

1987. 11. 4

眼　线

你深邃的目光
如幽翠浓郁的山水
山水那边洒半壁朝晖
镶出你突兀的金轮廓
分明了，你的绿水
映下我善意的失笑
望着你，青山膨胀
藏起了霞绣
却将山系撞我怀里
原是眉笔摊上用场，而你
害了羞，做起孩子

1987. 11. 5

驰

列车上忆起别时的田野
骚动　已脱落一行纽扣
故问迎面人
麦子种了

窗外望一片片麦苗茁壮
才知别来久时
列车载了时光

1987. 11. 6

证　实

自从听说
甜蜜的爱情像诗一样
我就从诗里寻找
甜蜜的爱情

抱了舒婷的
顾城的
诗集
公开在阳台上

盘旋的鹰隼
冲击着一只信鸽
却有另一只
冲击着鹰隼

呢喃的乳燕
在屋檐下
等父母的哺育

两只猫儿盯着
墙上的苍蝇
嬉戏

喵——

却忘了找到的爱情
夹在诗集的第几页

1987. 11. 9

三原色

你我用三原色调和绿色
——调和出朱自清的"女儿绿"

我们的物质贫乏
甚至没有画家的调色板
只有我袒裸的胸膛
就躺下来
做一张调色板

我们的物质同样的富有
因为有清纯的原色
就像有了核酸核糖和蛋白质
可以创造生命
像有了铀矿
可以产生核的能量

还须小心调和呀
不要脱不了鹅黄的底子
不要浓绿得发暗

结果
一只打碎的蛋清
淌进调好的绿里

1987. 11. 10

小 冬

小冬的夜晚
因为弥漫了
我们炽热的情爱
被煨成柔柔的春夜
举目——
天上的寒星
转眼便是梨花满天庭
清凉的圆月
流淌着嫩黄的温柔
近看——
天上不慎掉落的星
悬挂在你微笑的天宇
照见我青青的小胡子

1987. 11. 24

招　唤

把泪珠儿用竹签穿起来

蘸上溶化的冰糖

说别时送你几串儿

——冰糖葫芦

开开你的胃口　疗那

两地的不思茶饭

溶化的冰糖

裹着滚烫的热泪儿

不得冷却

还是改作

轻轻挥手的好

既是作别

又是召唤

1987. 11. 26

梦　化

梦幻已经同化了真实
即使带来刺玫
甜美中给以小小的
痛楚的验证
玫瑰的温柔
依然于幻境的绿叶

星移斗转已经数不清
甚至太阳灰心的摆渡
亦将摆过河汉
只是时刻不息的思逢
只能重逢于梦幻
时时刻刻
即使真的重温着温柔
梦幻却已捷足先登

1987. 11. 26

改 妆

青春的梦是诗的改妆

抓一根稻草的攀援

于天和谷，是盐水和葡萄糖

有时也长然一吁

息流便吹折

绿叶的改妆

红花，惊慌得没穿内衣

单纯的无趣

便遐想云的改妆

衣裳、细雨、微雪

明了透了！

明了透了！

还是遐想梦的改妆诗的改妆

1987. 11. 28

恨　雪

秋告别了冬
用风车载走充满悲欢的诗稿
免得多情人儿感伤
但却抑不住流连的老泪

啊，为什么要把你的伤心
落在我睫毛上
飘入我的视野
我的每一个器官已经超载了苦痛

我拉紧了窗帘

1987. 11. 29

意　象

一件褪色的黑罩衣
一蓬秋田里的稻草人
田野走来了
爷爷、奶奶、孙子
一路笑谈

夕阳散出诱人的光彩
东方挂一枚淡淡的月亮

1987. 11. 30

小图钉

你的
一串串欢快的笑语
就是一枚枚蹦跳光亮的小图钉
揿住我的嘴
喜上心头
口却哑默
在装饰新房时
仍当你是圆滑的小图钉
你却当我是粗糙的油画
使得我立于壁
只见
视野里地球在萎缩
一幅原始森林、大地和江海的油画
覆盖了旧的地表

1987. 12. 1

老 妪

形似一条拐杖
并拄一条拐杖
蹒跚

道路寂寂了
唯有两根结伴而行的
拐杖

1987. 12. 5

美

你那温柔娇羞的一点头
将出浴时的长发
滴香在我的慧额
吊兰洒过甘霖
水仙散着幽香
红金鱼把水珠
溅在老猫洗脸的爪上

1987. 12. 13

倏

在满目狰狞的庙堂里
一张虔诚的容颜
露出了深深的酒靥

一杯淳厚浓郁的五粮液

我四下张望
问自己
铁鞋穿了吗？

1987. 12. 16

再

漆黑的夜晚，仅仅见闻
荒冢的鬼火、草动
我便　渴望黎明
追赶太阳和近旁的小船
再一天的夜晚
便于水星的柔波里
荡舟

1987. 12. 18

无　题

我把穿烂的牛仔裤

甩在树梢

栖息了昏鸦

它使我心生绝望

夕阳的光晕却透过疏叶

朝阳般诱惑

像一枚枚鲜红色的气球

草丛亦浮动着

干瘪的红橡皮

有孩子们拾来吹泡泡

小嘴里噙着

一粒粒的红樱桃

1987. 12. 18

温柔的绞杀

恍惚之中
弃道旁
拾一卷白绫
沁凉
一息余热尚在
曾经缠绕
贵妃的香腮雪

做成一方手帕
揩不净
敏感的泪腺
太阳
却
晒干它

1987. 12. 21

分水岭

永远地失落并且结束——
学前班的老师（欧几里得?）
圆规画了一个红皮鸡蛋
叨破蛋壳，拱出一团黄茸茸的生命

一个鲁莽的陌生人
将它踩得血肉模糊
记忆啊，从此一直就模糊成血肉状

耗干了泪水
我不再稀罕这种生命

永远地失落并且结束

我吹起了呼哨
紧跟一位漂亮的姑娘
我已不是孩子

1987. 12. 24

拿大顶

我正视世界
瞧见散乱的积木
弃之阁楼
天空
吝啬地透露一角
倒挂树梢的蝙蝠
告诉了我一切
(嘿,尽管它视力不及!)

1987.12.30

过 客

对驶的列车擦身而过
夹峙小站的崇山峻岭如虎口
又黑夜，并未隔断明窗相照
你的脸庞面北，而我朝南
月光亦被撞碎
还没来得及招手
列车已沿各自的轨道
行驶。穿越重重叠叠的
明媚与幽暗

1988. 1. 2

元　旦

岁末，做最后一次冲刺
像跃过了祥林嫂的门槛

迅疾，一年的辛酸闪过
溢出门槛

燃放花炮的巧手迟钝
青光眼已怕那绚彩

小院的搭衣绳
晾着凝滞的希望

室内的盆景
一座狮虎山

1988. 1. 2

入　目

雨滴穿了纸伞
逢着的丁香
又被风吹折
风雨里独放
火红大绿的
美人蕉

欣然入目
户县农民的绘画
从此

舒展了容颜
面对
酣笑的红苹果
并张着空洞的蛀牙

1988. 1. 3

红丝带

你是上弦的月儿、你的背景
是连接远山和大海的
茶色玻璃，随机地缀满
珍珠
缁色中，读不尽你的闪光

我把联结命运的红丝带
托付青鸟，惊散夜空的
蝙蝠，猫头鹰
系在你月儿的额头
青春的，鲜艳

1988. 1. 4

只有留恋

你主动地向我索取　履历
我惨淡地笑笑
我的鞋是落叶
让秋风写吧

你就执拗地瓣给我一瓣栀子
我把红唇的渴望稀释　留下
鸵鸟牌的天蓝墨水
便不能显现我的心迹

1988. 1. 5

暗　香

锈着土腥味的手掌
翻烂了李煜的如梦令
覆盖一层暗青的地衣

春燕衔来春泥
发涩的双目
便只读它们的巢窠
尘封了婉约的诗词集子

快乐王子的身旁
消逝了寒燕的歌声

我掸了掸后主的遗书
落下一片燕泥和苔藓
虞美人又在诱惑

1988. 1. 6

一剪梅

寒潮　隔窗吹僵了
繁星的米兰
重塑了一个沉寂的世界
空荡荡的大街小巷
遂中断一切行人

风打得门儿好急哟
让我去闭紧
颤喜地竟觑见一剪寒梅
被世上唯一的人儿
捧着

1988.1.6

祈　祷

蒲翁斋前隐约的鬼火
你童年时便要借来长燃
伴你独行
并踢了一脚画皮
扣拉链的地方

我今远行
你竟忏悔小时候的那一脚
荒唐
树起一匾神位
拈香祷告

1988. 1. 9

冬天的印象

熟透的红柿
抵抗了坠落的诱惑
相伴母亲　度冬
点燃冬夜

没有绿叶的红梅
也纷纷击石
爆满一树火种

薄雪花的时候
迎春树便孵出
黄嘴小儿
伸出尖喙
轻啄

1988. 1. 13

梦　扎

午夜的星光全编入了梦
黑暗托起这座梦的牢笼
我的双脚如着了铁链
两手却紧抓住梦境

梦答应了留下
但伸手要纸、笔和一条青绳
在暗黑封闭的四壁中
我只摸索到了
精装书里的一根绿线
与刻蜡纸的铁笔

用心地写梦在墙上
铁笔插入了墙壁
宛若一颗水泥钉纹丝不动
绿线也把我缠住
黎明时，铁钉上
便挂着我绿色的诗行

1988.1.19

心　钉

你挥一挥手
我便长出心钉
钉进那年初春
共同修培的连理枝
连理枝展开手臂
拥紧你
因为两枝茁壮
你感到脉搏
有力地跳动
而垂下双手

1988. 1. 25

凝　固

初恋的风景小路
记忆是凝固的
垂柳婆娑
娇羞的你还低着头
许多颗似玉非玉的碎石
沉入深深的脚迹
游动着数尾蝌蚪

1988. 1. 29

猩红色宽松衣

你说那块粗呢真好
颜色像你抛洒的心血
质地像你的个性
开口扯下一匹

那成功的宽松大衣
你说是我的避风港
肥大的能将我整个包容
像刮不断的猩红栀子
从此，我耐得寂寞
不惮狂风和严寒
眼前总有一个你
穿着猩红色的宽松衣

1988. 2. 2

秋 葵

散步秋野
眼底尽收了春色
频频见
挂红的花朵
这时
我是一株秋葵

田野立满界石
每一朵鲜花
有属于她们的
疆界
而我在此之外
还是一株秋葵
一朵丽质的花
是一枚太阳
我抬头仰望
只是望着
距离正相宜

秋野
我熟视无睹
枝叶的凋零
缘于感到了
太阳的火力

1988. 2. 4

一夜闻风声

小楼的回廊
寒风声声
声声唤起相思
听见
相思的脚步徘徊
隐约的叩门轻响
直至天明
黎明的廊道
却是
枯叶在蒙尘上
画了几道

1988. 2. 8

秋天的幻想

春天的幻想是开屏的孔雀
沿着绚彩的屏心伸展
放射。光彩照人
亦照见水尽头的山桃花

踢毽的少年溜近
拔掉了几撮幻想
一脚挑到
秋天的枯草地

该换装了
孔雀褪掉了羽衣
这时的幻想是长久伫立的
鹌鹑

1988. 2. 9

苦　望

太阳
仍在地平线之下
黑暗已先向我许诺
从此
我加重了夜盲
多熬了千万个黑夜
只是焦急
期盼着东方
兑现
疲倦了
挠挠头发
一撮撮地沿指缝
飘落
如雪花

1988. 2. 11

秋水伊人

霉变的秋天
被太阳蒸发久了
便形成了云
以至于降下更大的潮湿
（就是普通的秋雨）

秋雨看得久了
或者看得出奇迹
翠绿的枝叶间
滚落出一颗颗碧蓝的宝石
跌向青石板的小径

兴奋抑或煎熬
还是缺少期盼的景致
姹红的单车
芙蓉花伞
那飘至的玉人

1988. 8. 21

十二月

去年那座断桥该通了
去年那棵开花的树该结果了
去年等的人该见了

一月，我撒下草籽等待收获麦子

——摘自《一月》

十二月（组诗）

十二月

十二月，还是那么遥远
种的花儿还没发芽
还没在院里那棵大树下乘凉
没去海水中冲浪

我沉浸于宽裕的时光
喝着班章、老曼娥
感觉周身暖和起来了
那天，路过的山枯黄了
经过的河漂着一层晶莹的冰

一　月

一月，我撒下草籽等待长出麦子
站在这座山眺望远方的那座山
在香雾缭绕的大雄宝殿前燃下第一炷香
备下充足干粮准备远行

去年那座断桥该通了
去年那棵开花的树该结果了
去年等的人该见了

一月，我撒下草籽等待收获麦子

二　月

二月，站在萌动的麦田迎着风
那打着结的心事
蛛丝般的孤独忧伤
让风一刀两断吧

梅花不谢，桃花不开
是该决绝了
那新绿开始跳跃
含苞的花蕾就要冲破枝头

南去的燕子们正在北归
正在裁剪着乍暖还寒

三　月

三月，我要学一把古人自驾下扬州

不是看那里的烟花

而是穿过一路的丽日和风

看一路万物复苏、桃红点点

我要不断将车里的垃圾丢弃

将一些埋藏过久的故事翻出来晾晒

轻车已行千里路

暖风熏醉了别人也熏醉了我

三月，我穿过一路丽日和风万物复苏

心在渐渐空下去空下去

四 月

四月，都说人间四月天

百花争艳春意闹

路上行人匆匆赶往杏花村

子规声里，我听到母亲熟悉的声音

那里现在该是十三月

那里的世界该是无声无色

那里的牵挂却无以阻隔

我要栽满映山红、植上菊花
把四月作为祭奠

又四月

四月，晴空里常常飘雨
桃花雨杏花雨梨花雨樱花雨
浇洒着郁金香芍药花和牡丹
春风得意，柳枝儿飘扬，柳絮吹又少
那花瓣雨是果实的分娩
早有青杏挂枝头
我的轻车快疾，已过千重山

四月，莺飞草长，花开花落
我有的是喜悦，没有的是忧伤

五　月

五月，麦子锋芒毕露
杏子青黄苹果翠绿桃子粉红
那棵百年古槐刚刚花开
一树繁雪，流蜜溢香

北方土地焦渴

南方梅雨绵绵

汨罗河不断涨水

还在冲刷几千年前楚王的耻辱

我想了许多做了许多

许多想了没做许多没想做了

五月，像我的感受和体验

六　月

六月，尖尖小荷出落成映日荷花

莲的心事就要圆满

绿树浓荫，石榴花似锦

新蝉开始鸣唱

麦浪和月光洗着快镰刀

麦痕上已播种玉米

我撒的草籽只长出野草

五黄六月，清风无力

该圆满的圆满，该生长的疯长

昼长夜短，不是我的节日

七　月

七月，仰望夜空看纤云飞星
情人目光搭起一座鹊桥
玫瑰涨价了满街一片红
流火的热情融解了那层冰

七月，桃李安静，瓜熟蒂落
橘园点亮红灯笼
骄阳喷香了水中菱藕
传说使忧伤落尽，火了爱情

八　月

八月，每个人心中都高悬一枚月亮
每辆车都有它的目的地
每家都会聚散依依
那夜，天将明月洗寰瀛

那夜，只有苏轼老儿欢饮达旦
错过了明月只好把酒问青天
我没有他一样的才志与大喜大悲

我会举头望明月低头嗑瓜子
但却有他一样的祈愿
祝天下人千里共婵娟

九　月

九月，蕴含一年最吉利的日子
秋的利刃使庄稼纷纷倒下
大地空旷了山长高了

带上新酿的菊花酒
在幸福长长久久的祝福中
登高远眺
天空高远湛蓝如洗
新播种的麦子正在发芽

九月，是收割也是播种
是佳节，我们的亲人在身旁

十　月

十月，大自然慷慨馈赠
把千万吨金粉颜彩

送给每座山每条河每片田
送给每棵树每根草
人们在稻花香里喜悦着丰年

天愈蓝风筝愈飞得高
一线在手，系着心情
开轩面场圃，不失古人梦
良辰美景，携镰荷筐
我在收获麦痕上成熟的玉米

又十月

十月，所有美好尽情美好
天地这对老恋人也尽性展示

天大的胸怀不染一丝尘埃
蔚蓝目光清澈见底
挥手那抹淡淡白云向恋人
大地厚德载物
着鲜艳豪华盛装
万物欢呼喝彩秋蛩也在鸣唱

十月，天地结成果子

所有美好都尽在美好

十一月

十一月，百花凋谢雪花纷飞
南山下的陶渊明笑了
东篱的菊花此时争奇斗艳傲然绽放
绿了春夏的老树们
奋不顾身再去火一把
那棵叶子脱尽的老柿树
高高挂起自己的赤诚

我迎风出门解开包裹严实的大衣
一眼望见那远处悠然的终南
今天我要请假
今天我要独自上南山

2013. 12

逝（组诗）

白　马

子在川上的话音未落
大河已奔流两千五百多载
我们还在讲述春秋五霸三国演义
梅花已开二度
去年的心事还在纠结
喜悦还在绽放
四季轮回，春播秋收
我们的思绪乘不上时光马车
秋季做着春季的事

上元节

开在夜晚的花怒放了
小院街旁花千树
白莲的月亮也盛开圆满
何田田的莲叶上花影闪烁
夜空的昙花倏忽轮回

赏花人含苞心花

公园游场开着谜的花
人影幢幢，哪盏花的灯谜下
邂逅唐时迷路的解谜女
谜底却在你的心底

年味儿未散去
一家人团圆
锅里滚着汤圆

这一年

这一年很慢
女儿读高中，十年寒窗熬吧
这一年很快
转眼女儿上了大学
从小学就陪她的狗狗只能吃大龄犬粮了
这一年乔迁了
尽管窗外声音轰鸣像在飞机场
我和老婆相爱充耳不闻
这一年旅游时我用手机照相
除了发微信还给别人点赞

这一年会唱《心经》与《十一面观音根
　本咒》了
这年末，我开始写诗
我不在乎诗人的称谓是褒是贬

年　轻

年轻时，一卷聱牙戟口的古籍图书
一套快餐小说陪伴
古籍书常常咀嚼吞噬我
就吃起快餐
我有时间啃你这本老古董

古籍书尚在聱牙戟口依旧
我的牙齿却有些松动
窗外的风花雪月一次次飘过
我开始查找词典中年轻这个词条

弩　张

弩张的秘密是人生的缩影
婴儿开始，箭已在弦上
成长的力量拉动弓弦

年逾长而弓愈紧力愈强

老了，听得见弓弩欲裂的嘎吱声

童年的牵引力指向原点

那时的轻快和憧憬

现在，一根绷紧的老弦和弓身

到了极限

咔嚓断裂，飞出流星，无的而落

2013. 12 ~ 2014. 3

大地彩虹（组诗）

柿子树红

落雪的北方山野
你不必担心只有白茫茫一片
总会这儿一株那儿一树结出红宝石
那是歇脚的一群群丹顶鹤
山里人抛撒的红绣球
夜行人点亮山路的火炬
大树示爱的相思豆
暖暖的红星罗棋布的红
装点着素裹银装的北方山野
城里女孩遗失了红嘴唇

橙

桃李争春过后苹果红了
秋风阵阵时银杏树黄了枫叶红了
你的果实加入秋色的狂欢

不显山露水却尽展温暖
融合了红的热情黄的明媚
忧郁的人来了明快地走了
青涩的爱情甜美地离开

没有一丝杂念的橙
世界只需你一种颜色

油菜花黄

追赶着太阳
你找不到一片田不是金黄
一望无际的流金溢彩
太阳的炼金炉翻了
铺天盖地的黄霸气的黄
从长江一直泼到天山脚下
清风徐来金波涌动花香飘溢
那是放蜂人一直追赶的纯粹的黄
金灿灿淹没恋人
太阳从一月追赶到八月

森林绿

幽深寂静的森林也曾喧嚣过

花草穿过厚厚的青苔争艳

她们喧闹着自身的色彩

春雷过后是狂热的暴风雨

森林统一了绿色更加沧桑苍绿

绿色的风绿色的海

泛舟海上只想明月清风为伴

森林恢复了空寂

绿色荡涤一切尘埃

带着沉重行囊来

一身轻松地离开

苹果青

摘掉幼时的那朵头花

穿上绿叶的小摆裙

任凭春寒的风吹雨打锻造青春

练就青涩无忌的个性

那是两小无猜的青

纯洁得一尘不染的青

武器的青

青苹果园里挂着许多甜涩的童年故事

青苹果园里走过那么多表妹

青海湖蓝

我的前方只有蓝浩渺的蓝
没有了天没有了水没有了地平线
蔚蓝的一望无际的一堵墙
鲲鹏裹挟大海展翅的蓝
天融化在水里的蓝
水消融入天的蓝
绝望的蓝喘不过气的蓝

一抹淡淡的白云挽救了我
仓央嘉措定是在这里迷了路

薰衣草紫

大海翻动紫色的波浪
你没有被蛊惑而是美丽被蛊惑

普罗旺斯的美被定格
北海道富良野的美永驻了
发了紫的爱情不再褪色
紫在你梦里你在紫的梦中

你徜徉在紫色的大海上

那是神秘的紫的蛊惑
大自然的暖紫、高贵的灵紫的作用

看海就看紫色的海
听海就听暖紫色的涛声

2014.1

尼泊尔散记（组诗）

初　到

飞机一如既往地飞
一样行驶在滚滚云海上
不同的是前方云层更有棱角
云样的喜马拉雅山横亘

翻过最高峰两边温度一样
不同的是阳光的灼热感
时间少了两小时十五分
我的表十八点三十五分
而这里钟表显示十六点二十分

不同的是这儿楼矮道窄
路上挤满二十年前陈旧车辆
河道焚尸的烟缭绕
旧王宫天空卜盘旋一群乌鸦
山峰一样瘦的人不是病
他们有超出我们的幸福快乐

猴　庙

金黄色阳光照射白色大佛塔
一半在天堂一半在世间
佛塔的慈目关注众生

梵音袅袅大悲咒曲调不变
呼吸里尽是檀香和燃烧的酥油香
敏捷的猴子们占山为王
和鸽子怡然相处
不打扰慵懒的狗

比邻佛塔的是印度教小庙
披袈裟眉心点圣红的都来朝拜
这里聚集了世间能聚集到的一切

街　头

街头熙熙攘攘，人多动物多
小商贩眼里只有渴望
笨狗们悠闲，走几步随意卧下
看你的眼神就像你不存在

一两只小牛早就躺下

任阳光泼洒身上，乌鸦更黑亮

有人就停下晒太阳

看手相的人会盯着他

天气晴好，抬头见山，再抬头见雪山

那一眼相遇的是珠穆朗玛峰

一下子幸福过了陶渊明

一下子惭愧不如这儿的人

寺　庙

传说中南朝四百八十寺

借烟雨转到这里

这儿寺庙多于住宅，佛像多于人

几百年前的寺院与民居比邻，相看

　　两不厌

寺庙拆掉围墙走进芸芸众生

佛塔长了眼睛，举目关心尘世

佛塔下唯有一张张仰望的脸

围着殿堂的人们不是晨练

领头的讲经诵法

乌　鸦

起最早的是乌鸦，比设定的叫早还早
晨曦中波光粼粼带着问候
夕阳中呼啦啦遮天蔽日
最晚时能听见唧唧私语

几乎所有生灵都是膜拜的神
不杀生不敢杀不会杀
餐桌上只有咖喱味浓
乌鸦肥胖鸽子成群猴子占山为王
人比动物瘦，菩提树常绿

精神故乡

和孔子同时代产生圣人的国度
也是我的精神故乡，一处桃花源

沿溪进入却是芳草萋萋
拨开荒草，一条条道路浮现
找到了回家的路
那棵蔽日皂角树那座老宅院

老祠堂的香火还在绵延
看见那块家规那碑乡约
柳暗花明阡陌交通黄发垂髫怡然

这里称加德满都的杜巴广场
帕坦的巴德岗的杜巴广场，博达哈大佛塔
这里是蓝毗尼的佛祖圣地
我想抹去归程的路

蓝毗尼

蓝毗尼一月，麦田苍绿
无际油菜花流金溢彩
田里妇女一袭彩衣
黑牛三三两两悠闲

近处，像一大片林园
菩提树临风于青青山坡
树下围坐诵经的一群人
仿佛给孤独园里佛在说法

金色佛眼塔矗立于白色建筑
一池清水盛不下那棵千年菩提

地上刚掉下千年前松动的一块砖
别惊动对面的白屋，佛祖正在诞生

巴德岗

一座广场接连一座广场
杜巴、打塔卓雅、陶马迪广场
长满青苔的古民居们紧邻

旧时王谢堂前的飞燕仍在这里翩飞
制陶广场的作坊继续着陶器
建筑里还居住王时臣民
小贩们囤积历史叫卖
千年前发紫的飞泥会随时砸着你

下楼的老少沐浴阳光
如牛的黑羊闲卧，中世纪的晾晒味
巴德岗，一座活的博物馆
看得见前世来生

加德满都

遍野山花散开山坡

加德满都像绽放在巨大山坡上
像这里自在动物
窄街小巷愿长哪里就哪里
矮楼小院随意摆放
总有绿枝红花出墙来
藏不住历史尾巴
那是真正的车水马龙
街上走着汲水姑娘，行着人力车
雪山刮来的清风里飘着金盏花香
也夹杂历史的烟飞灰灭味
闲庭散步，到了十八世纪的市场
在那里买你想要的东西

博达哈佛塔

色空的佛还是显现了一下有形
幻化成世界最大圆佛塔
四面巨大佛眼透视芸芸众生

千里之外万里之遥信徒匍匐而来
祈祷轮转动不息，放射金光
穹形白塔容纳了多少人生四谛八苦
多少怨男痴女的幽怨与祈愿

色弃绝于这里，何时消了众生的有形
我转动着祈祷轮行走

2014. 1

菩提（组诗）

隐　者

恐伤蝼蚁的脚步
尘土路上不留痕迹，如雁过
山下人的传说
行走不行人的路，绕过矗立巨石
虚掩的草屋柴扉依傍
一箪食一瓢饮一张床

山上处处皆通途
晨洗就拧开阳光的水龙头
养整座山的鲜花
飞禽走兽尽如自己孩子
天籁之音袅袅
月光扯下如帛白纸
隐者的回忆不着一字

静　心

心形成巨大漩涡，加速离心运动

那沉淀的沙金、沉船、偶像
升腾的幻象——抛甩
漩涡内纯净再无二念

漩涡不再旋转而心净如初
内心外心融合为一
世界碧水澄澈，投石不见涟漪
佛来佛斩，魔来魔斩

菩　提

闭门研读无量寿经
上下五千年如蚊虫叮咬
旧日伤口阴天时隐隐发痒
惋惜失之交臂那一瞬

佛说放下屠刀立地成佛
我的眼和心仍被蒙尘
颠倒梦想了断不了究竟不了涅槃
菩提树下还须冥想
阿耨多罗三藐三菩提

放 下

心不再随年龄增长
早放下内心的我执
轻松唱着《心经》中的"无无明"
明月松间梵音茶语
身体渐渐成一件衣服
飘飘然到了南山
却被断喝：你的衣服断灭相
没有放下。放下，即拥有

洗 心

相信宿世，清风明月心如镜
已播下归家的种子
心陶醉于幽林碧水，金刚萨埵喃喃

面尘面山面水面心
何时发现那颗纯净种子
照见如止水的明镜
洗尽尘心，等待发芽机缘
无论六祖是否承认明镜台

菩提树

悉达多王子绝食苦行六年未悟
摇摇晃晃趋近你
好大一棵树，为他的冥想庇护
七七四十九天，王子开口
一切众生皆有佛性，但以妄想执着不能
　　证得
王子顿时菩提成佛祖
你从此成为今天的你
树下草色凝碧，被众人坐出大坑
远在雪山的草本果实也称为你的孩子
被众生手持数诵

刹　那

晚用的口杯或许明天已用不上
昙花或许成羡慕对象
生命在呼吸之间
被切分为无数刹那
稳定只是错觉

穿透黑夜的昙花刹那成为永恒
你发觉自我意识的执着尚未消除
刹那与永恒原集一身于我们
性相一如，性相不二

三法印

立雪数宵、断臂求法
达摩有点为难二祖慧可了
只要盖上三法印
佛说我说都是佛说

刹那间迁流变异的万物
无一常住不变
一切缘起幻有，无我实体
不生不灭，不再轮回
是为诸行无常、诸法无我
涅槃寂静。是为三法印
像印鉴一样确定真假

2014. 1~2

虚实之间（组诗）

春　暖

雨雪拽紧了棉衣袖口，在初春
不远的山，一只奔跑的斑点狗
瀑布展示水的固体形态
喜鹊窝袒露大树的心，寒鸦放不下心鸣叫
北往大雁盘旋，找不见季节
太阳一针见血，扎破桃花
荠菜跳出麦田
大人孩子走出家门，换上红衣绿裤
田野小路开花
天上飞着夸张的老鹰、蜈蚣
斑点狗变色，人比棉衣瘦

大明宫遗址

走在文武大臣忐忑上朝
宫女闲散打发时间
那场惊心动魄血雨腥风厮杀的路上

所见乃修葺一新的盛大园林
处处标识的遗迹名称

风光依旧美好，晨曦中
旭日冉冉鸟语花香
星夜中湖光月色夜鸟惊鸣
日夜不动的是凝固历史的雕塑
深埋的知或不知的往事

常常闲庭散步于遗址
眼中风物皆无
只关心又行了多少路

城　市

牛羊不必总要归圈
空气不必一尘不染
街道不必那么宽阔那么规划
街上偶尔过往三两只牛羊
不要总被机动车霸占
城市的天空也飘些农家风味
见山走坡路，哪怕绕着走
到了死胡同就原路返

背街小巷故事多
泼出的洗脸水流到邻家
太阳照了你家照我家
城市不要总板了面孔像城市
我们平常吃的是家常菜

细　雪

细雪于清晨开始作画
偌大的画布上，褐色大树
土色田野，黑色道路
贴满瓷片的森林建筑
早勾勒好底画

细雪慢慢勾描
景物清晰立体，镶嵌了白
慢慢着色，则纯净洁白
更多地联系起来
细雪挥毫泼墨
一幅大地雪景图跃然纸上
只留下红红的灯笼
弯弯的小渠沟没有染色

城　墙

抵挡一切冷兵器和嘶鸣战马
抵挡不住改朝换代
时光撕裂颓圮了它
不断刮进宋元明清的风

雄风逐渐北吹婉约风盛行
风姿绰约成风景
喜欢春夏秋冬着一身塔裙
几片雪花就小小骚动
高扬头顶的红扎头
夜行还要擎一柄弯灯

三五店面沿途排遣寂寞
深长巷道里也刮西风
飘着咖啡奶油和咖喱香

2014. 2

海望（组诗）

观 海

登险峰览尽风光，海的险峰
谁可觅见，曹操碣石上望了千年
只见水何澹澹，山岛耸峙

真龙大海，我们是叶公
海纳百川大海胸怀，我们的常用词座右铭
每次奔海心潮澎湃
沙滩、海浪、仙人掌，还有烧烤
海边何曾湿了鞋子

轰隆隆声音来自地心
蔚蓝无涯无际，扯下的天幕
白浪滔天，更隐蔽了海的险峰

海 容

称为黄色巨龙的大河咆哮而下

大禹也只是怀柔

一口唾沫，吐出黄泛区

大河却悄无声息投入大海

沿途搜刮的脂膏弃之门外

大河涌入，哪吒闹海，猴王闹龙宫

海平静如初，情绪未曾高涨低落一分

依然是大地的水平仪

百慕大的神秘，喜马拉雅山的崛起

大海包容守口如瓶

海底火山爆发，鱼呼出的一串水泡

海　滩

月亮之夜，天上星星落满海面

海潮不识东西南北风

一浪浪只朝向沙滩

这里白天丢弃太多琐屑

深埋放纵的喧哗

海螺里装满私语，小章鱼的缠绵

潮水一次次冲刷接纳

沙白如月色，海永远心底宽厚

岸上置珍珠宝贝

海上曙光，崭新的海滩

海　礁

海礁，大海打开的一小扇心扉
尘世的爱情誓言
航海人的灯塔
候鸟迁徙路上的凉亭

其实，小小心扉下是一座山
重于泰山或高于珠穆朗玛
四季开满珊瑚花
丑鱼儿如蜜蜂，比目鱼蝴蝶飞
磐石似千年龟驮着寄生蟹
登山人望洋兴叹

海礁，大海不露声色伸出的指尖
开悟尘世来的迷茫

四季海

大海四季只开一样花，只着一种色
春季花不红海，冬季风不成冰
偶尔燕鸥撒下几枚花瓣

大隐隐于世

从播种到收获，颠覆海外
大鱼小虾撒籽，发芽后海阔生长
四季风调雨顺海水肥沃
成熟再成熟，可成精
渔民的镰刀只是大海捞针
花好月圆瓜熟蒂落
夏季流水不流汗，落叶不见于秋

海　潮

大海心中永远放不下那枚月亮
不愿抱守月之残缺于海面
内心一次次涌动，月愈明心愈切
鱼贝们随浪摇旗呐喊
后浪踩着前浪直冲月空
倒下再倒下，腾起再腾起，白浪滔天
搭建不好通月之路
月之渐满，潮声响彻云霄
月亮扯下了一片云
观潮人也观月

海　寂

秦始皇的直道、刘邦的栈道，至今
隐约可见，丝绸之路还在走出去

郑和下西洋、哥伦布的航线
了无踪迹，泰坦尼克号无法修建坟墓
仿佛鸟道，天高任鸟飞，来去无痕

大海有容，填满历史
前世的果，海浪卷走螳螂
洋流流动着历史
大海不做太史公，写那无韵之《离骚》

2014. 2 ~ 3

山中（组诗）

山　风

风只朝一个方向，大树始终保持飞翔
树上燕雀借力高飞
一年四季吹，叶子从有到无再到有
百折不挠的草咬定青山，一丝嘲讽
蒲公英举家远走他乡
风的彩笔随意描绘，直到白茫茫一片
飞沙走石留下纵深沟壑
山岩患上迎风眼疾，滴泪成溪、流水成冰

山　花

山花如流星雨
如无数蝴蝶蜜蜂在捡拾
蝴蝶只在山中，无心舞蹈梁祝
蜜蜂只为蜜蜂酿蜜

山花临照于石上小溪

圆润鹅卵石不是陨星
一阵风的花摇舞动悬崖
千年石心萌动
向周围山峰挥手

动物罕至处山花烂漫
流星雨的降落处

山　雪

一场飘雪大山回到童年
着新装守年夜
凹凸坑洼不再争不平
盖上小鹿的梅花印邮戳
鸟儿充当叶熄了秃枝的叹息
棉被加厚冬眠虫儿惬意

一场大雪万径人踪灭
林麝不必跑得更快
豹子的伤口只会自己舔舐
大山无闲草此时只为自己闲
折翅山鹰不懂中草药
山里的雪，一场世外的雪

山　月

一块和田玉丢在山顶
山的满弓，箭在弦上
一道银色闪电，击中整座山林

箭发，天上的星星逃离
射穿清晖的颜料包，飘散
山崖挂满霜花
四月槐花开遍所有树木花草
白色猫头鹰俯冲山鼠
惊起闪亮山鸟
窸窸窣窣林动槐花落
月亮玉碎于山谷小溪

山　雨

树叶晒得柔软，蝉隐藏其间长鸣
山顶几只大鸟火焰中盘旋
忽然一顶华盖擎起
帝王马车迅疾，一场瓢泼雨
像冲了一个凉，花洒适时打开

山边太阳热眼观看

小国寡民的山雨，画山为牢

天气从不会预报

小楼有风无风一个样，山雨随性

山　雾

峰林戏剧化，角色频换

一个个做起智者，大隐于世

好高者偶尔露峥嵘，虚无缥缈中悬浮

金光飞矢，袈裟披身，点化众生

隐者执着内心，雾里看花

万花化作白莲朦胧于月色

乌鸦膨大惊飞山鹰

失去比较的万物欣欣然一心

雾散戏尽，大山一片湿漉漉

山　林

山中树，有土成林，无土为鹰

一只只铁爪嵌进悬崖

在山岩的跑道上展翅助飞

低处的林翘首

心急的跃跃欲试，掀起一阵波澜
透露了山林秘密
鸟安于树巢，兽安于树穴
百年枯树挺立安于林
林下草茂花盛，虫蚁熙熙攘攘
众皆谐和安居乐业
山林，一座巨大天然场馆

山　鸟

晨曦唤醒山鸟，扑簌簌一阵风
乌鸦大惊小怪飞走
山鸡呼啦啦飞下山崖
树干上啄木鸟东敲西打
肥嘟嘟麻雀打着昨日饱嗝
睁开的眼再次闭上
这儿的果实太过丰盛
山鸟们文质彬彬
猫头鹰与山鹰为伍
山林白昼总是静悄悄
月明夜晚，山鸟惊于星星坠落
一声鸣叫，留步了飘飞的云

山　夜

山里夜空，一面巨大钟表
十二点的北斗星，三星高照
静悄悄只听到嘀嗒声
猫头鹰充当守夜人
微凉的风轻摇羽扇
一切安睡，美梦中垂涎滴成露珠
偶尔月亮朦胧一下表针
公鸡花了眼，勤快鸟儿飞下树
小小骚动后重回寂静
听到蚯蚓松土声音

山　神

爱屋及乌，屈原推荐的山鬼
天帝正式册封为神
披戴着薜荔、女萝、石兰和杜蘅
乘着赤豹拉的辛夷车，姗姗而来
不为爱情，只为山里秩序
清泉石上不阻流
林木长于斯、枯后立于斯

百年灵芝挂于斯
文狸不许追赶野兔
风雷不可摧毁山林
一切鬼怪精灵远离大山
此后秩序井然，高山仰止

山　光

被仰止的大山描绘于碧潭
黛眉、明眸、长发及腰
柳枝的纤纤秀手轻触了湖面
山瞬间生动，映浅浅笑靥
一次自我观照和握手

飞鸟喜悦于山光潭影
呼儿唤女，飞了这树落那树
却落入潭中树影，鱼鸟嬉水

一团影子行走山林
潭的眼中飘过一抹云彩
清澈潭水映山一举一动
清空山的一丝杂念

山　时

山里，乌鸦随时披件黑棉袄
琢磨不透季节
林花谢不完春红
布谷鸟四季都在喊播种
天空总有一团飘来晃去的云
热极则雨，则冷雨，则夹雪
猫头鹰夜半唤醒孩子
松鼠吃着陈年的粮
百年老树抽出婴儿般嫩芽
山里光阴，桃花源里的时光
不知有汉，无论魏晋

山　下

水晶的溪流串起鹅卵石珍珠
挂于山边蜡染的布
红色画的桃花，青的是庄稼
零星小屋装着山的记忆
俨然这里的山神庙
爱着一鸟一兽一草一木

日出而作，日落而息，山的节奏
小屋盛满山忆
一缕青烟行书着大山
偶尔过往一辆车
出门人带走一些

山　空

没有比这儿更繁盛了
从参天大树到低矮小草苍绿青苔
蜂蝶起舞百花争妍

没有比这儿更寂静了
一声鸟鸣惊醒月亮
但闻人语不见人迹
阳光穿过树叶发出落地声音
一声呼唤到了很久还是自己听到

这儿的万物只服从自然和自己
真正来到这里
一座空山，空无一物

2014. 2～3

花事

走过葵花山坡
看见梵高的十二幅向日葵
看见它们烧掉梵高的一只耳朵

——摘自《向日葵》

白 莲

半闭目于氤氲中
无须太清晰
你知道世人的眼神太沉重
看穿你的前世
佛祖舌根的哪道金光幻化
结跏趺坐哪位菩萨

终究菩萨心肠
你透露了立足之地
对靠近的那些渴望消业者
滴落花瓣上水珠
唵嘛呢叭咪吽
你允许人们喊你叭咪

2014. 1. 28

梨　花

戍边的岑参有了一点花痴
清晨推门，对着千树万树的落雪
大呼梨花开
这一声惊叫，直接传入京城
赏花人怎看梨花都不像

寒风刺面，白蝴蝶从天而降
梨花啼痕昨夜的雨
冷艳清绝全欺雪
梨花不再春天
春光明艳，却被岑参恼

2014. 3. 12

杏　花

自从那年叶绍翁遇主人不值
将杏花捎带写进诗里
着实让她难为情了许久
总想把出墙的那枝折回来

从此，羞答答的杏花静悄悄开
让红于桃花、石榴花
春雨不再自称杏花雨
结果也变成杏黄色
牧童让醉汉找错了村子
竟然吆喝杏花上酸菜

2014. 3. 12

向日葵

众花拱日，整齐划一地伸长脖子
膜拜，耶稣加利利传道
狂爱太阳的梵高
向日葵是他们的化身
画笔一挥，全都太阳般燃烧
呼呼卷曲的黄火苗
燃到内心的炽烈
一颗颗小日头，葵花回到种子

走过葵花山坡
看见梵高的十二幅向日葵
看见它们烧掉梵高的一只耳朵

2014. 3. 13

蔷薇花

借了玫瑰的容颜爱着所爱
像山鹰自残后长出新喙
打磨掉玫瑰枝的硬刺，不再冲天
施展缠绵，密叶翠幄重
乖巧得换了许多色彩
红黄粉白花轮番开，花语情长
爱情的微雨落下，花瓣红晕湿透

借了玫瑰的容颜爱着所爱
花香诱人，爱的浓香胜于玫瑰

2014.3.13

菊　花

李清照卷帘时扬起的那股西风
吹得菊花瘦弱不禁风
再不像唐末满城尽带黄金甲
一股股杀气腾腾
更无悠然见南山的闲逸

易安居士的一次相思
凄凄惨惨戚戚
感天动地，让满地黄花堆积
菊花易性可怜兮兮
她还说"怎一个愁字了得!"

2014. 3. 13

桂　花

香飘喧闹千年的桂树
被王维的神清气定所折服
轻轻落下花瓣，只有摩诘闻之
春山涧溪更加空寂
吴刚也停下手中斧头
静谧月光一点一点飘落

桂花打开自己更小
隐藏于茂密常青的木樨叶
不论金桂、丹桂、四季桂
天香云外飘，默不作声

2014. 3. 14

櫻　花

上野的櫻花望去確也像绯红的轻云
鲁迅让櫻花美在东京
也让大清的辫子留在櫻树下
"櫻花落尽阶前月"
竟以为李煜后来去了日本

櫻花从天边升起，烂漫天空
铺设一条彩云之路
置身幽香艳丽，不论身在何处
吹面不寒杨柳风
三月的天街小雨櫻花负责
满城无处不飞花，不污不染

2014. 3. 14

牡　丹

李白用诗将玉环画成牡丹

辩称牡丹想她的美容，云彩想她的衣裳

沉香亭西栏杆斜倚着玄宗

面带笑容瞅着携手的玉环和亭下牡丹

春风荡漾，此景此情消解无限怨恨

刚才的贵妃研墨力士脱靴算不得什么

一枝红艳露凝香，谪仙行啊

倾城牡丹，国色天香

明皇马上用自己的笛子脱口吹出

顿时，牡丹齐放，花香阵阵

捧出七宝杯，斟上西域葡萄酒

2014.3.15

海棠花

一场雨疏风骤

令易安居士不忘怀的却是海棠

纠正卷帘人应是绿肥红瘦

玄宗将贵妃醉酒比作海棠未醒

东坡则关心起海棠春睡

故烧高烛照红妆

全因那海棠雨后楚楚惹人怜

被寄托游子离愁别绪

玉堂富贵，皇家给了海棠新意境

玉兰、海棠、牡丹、桂树一起花开皇园

2014.3.15

木末芙蓉

屈原让小山神乘了你的车
李商隐亦几度于你的舟上瞭望
惊喜"不知元是此花身"
华贵雅洁的车舟，帝子云中不可招

仙骨仙气，花似箭莲又似玉兰
静如处子，摩诘向往之
"涧户寂无人，纷纷开且落"
远离尘嚣的大自在

云蒸霞蔚的灿烂毕竟遮不住
一涧的花开染红晚云
唐时的一场霓裳羽衣舞

2014. 3. 16

杨 花

杨花开在风中、行人的眼
淙淙流动的溪水上
飘附的杨花被道貌岸然者窃议
婉约仗义的苏轼懂得
一阕《水龙吟》道尽了杨花

蒲公英一样身世，掌控于风
折枝相送却无法将你托付
似花非花，营造一场场春雪
虽然结果早已拟好
一池碎萍，点点是离人泪

2014. 3. 16

苹果花

苹果花从青到黄到红
开在春之外，果树之外
春天的苹果树只有白蝴蝶拜访
白色喇叭花趁机爬满树枝
微风吹响喇叭，摇手也无法阻止
太阳暴露这一切
返影映照树下青苔

不远处的杏林，红色春光满园
赏花人来来往往
一夜春雨，小巷听闻卖杏花

2014. 3. 17

芦　花

起风了，芦花白茫茫一片
李后主闲梦远，望见深处停泊的孤舟
芦花如雪，寒冷了千里江山
更那堪，笛在月明楼
南国的清秋更清秋

怎么也抹不掉芦花的悲凉
看夕阳，芦花亦如血
无怪乎刘备织席终未成正果
纳兰乐观，让秋风吹入芦花短笛
钓鱼人满载而归

2014. 3. 17

彼岸花

天花乱坠，降下鲜艳的曼珠沙华

佛界的一场褒奖彰显

种子却遗失在奈何桥旁

令箭一样向上生长，不带一枝一叶

鲜红似血的花走过遗忘

如一只只向圣界祈祷的手掌

抻出众多菊花瓣手指

急切召回前世记忆，那最缠绵的眼神

失去的记忆浇灌花朵

抽空回忆的自由是迷惘

彼岸花誓要打破花叶世世不见的魔咒

也许就捧于谁的手上

2014. 3. 19

荼蘼花

春天用花朵的文字写一首诗
写着写着，荼蘼花开了
圆圆的白而柔软的花，多么像句号
春光无力，失掉诸芳颜色
佛典说那是天上的花，见而恶自除
毕竟读佛典人少，看红楼人多
麝月就抽到荼蘼花签——韶华胜极
谁都不愿开到荼蘼花事了，让青春感伤
不愿做那彼岸花
纳兰性德悟透禅机
"谢却荼蘼，一片月明如水"

2014. 3. 19

百合花

陆放翁植花园中，种兰种玉簪

尤其两丛想种香百合，自称如此七十尚

　　童心

也许老儿爱的是云裳仙子

不忍心看那红酥手，黄藤酒，再呼错

　　错、错

心中仍梦想百年好合

捧上亲手煮熬的百合莲子粥

补补空瘦的身子

老儿的心思百合的喇叭终会传出

哪怕隔山隔水隔世

2014. 3. 20

虞美人

虞姬凄美旅行的一刃，滴血成花
复活一个个虞美人
残阳下，浓艳的血还在蝴蝶飞
彰扬爱情超出生命的灿烂
虞兮虞兮奈若何，唱出千古死别绝唱
唱出西皮二黄般的曲牌
春花秋月何时了
虞美人花儿，你长了罂粟花的外形
就权当一次真正罂粟
为所有痛苦暂时解痛镇定
东流的一江春水不带一丝愁

2014. 3. 20

蒲公英

到处是蒲公英野菊花般灿烂笑容
野菊只在山中开且落
看到花落万枝空，五岁小友陈知玄已经
　预言
"唯余一朵在，明日定随风"
不走弯弯山路，蒲公英做一朵会飞的花
与燕同飞，与鹰同行，旅途属于蓝天
山外的世界是平原
蒲公英孤身一人自由自在
无论风止于何处，随遇而安

2014. 3. 21

丁香花

未识丁香花前，已在雨巷中寻觅
丁香一样结着愁怨的姑娘
望她走出悠长又寂寥的小巷

已辨不清是花还是人
纤小文弱如丁，欲尽未放愁千结
李商隐视同芭蕉不展
称他们同向春风各自愁
丁香结，古人呼之而出，且作成曲牌
哪怕芳菲满目，清香四溢时

佛门心平气和，不再儿女情长
南有菩提树，北有丁香花

2014. 3. 23

罂粟花

荷马写史诗也写罂粟，称为忘忧草
这神赐的花，飘忽着魅惑的眼
漫山遍野的彩蝶招手
扑蝶人无法抵挡的诱
几千年中让人忘却痛苦和恐惧
人性恶，战争的借口，与浓郁花香无关
中国自豪的炸药发明，诺贝尔的悲喜
毁灭了迷幻中人的生命
天使依然天使，魔鬼化身只见于着魔的人

2014. 3. 23

稻　花

稻花开在蛙声里，预告丰年
辛弃疾半夜吟的非梦话
揉碎的光芒撒向这儿，波光粼粼
藏着万千条鱼儿

花非花，细小而美丽
千里稻花香且秀
稻花路上，红蜻蛉伴绿螳螂
顶花王桂冠，桑花做王后
待到金秋，王国里流淌玉的河

2014. 3. 24

菱 花

照不尽菱花镜里形容瘦
照日却壁上菱花生，生出古镜别称
黛玉终于一时展开了眉头
收香菱为诗徒

船过莲花塘，清溪波动菱花乱
菱荷为伴，不输莲花高昂的头颈
一袭淡淡鹅黄淡淡香，宋词的清丽
过不多久，塘面就会升起采菱曲
棱角分明，菱角之棱角来自菱花骨气

2014. 3. 25

并蒂莲

比翼鸟、连理枝，白居易的愿望终成长恨
这些无根或不同根的爱情化身，只活在
　　当世
碧落黄泉中明皇贵妃茫茫皆不见
恨只恨老白未将其比作并蒂莲
青荷盖绿水，一茎花开两朵
相对绾红妆，软语商量
同根、同心、同开落、同生死
马嵬坡上有谁胆敢六军不发，让贵妃马
　　前婉转蛾眉
亦差点要了明皇命，群龙无首
并蒂莲，色香空尽转生香，同梦寄潇湘

2014. 3. 26

山茶花

小仲马将著作写给了茶花女
茶花依然深夺晓霞，凌牡丹之鲜艳
耶稣对打人的人们说
哪个人身上没有罪，就可以用石头去砸

山茶花不会沾染人的习性
万花凋谢，凌寒立枝头
红英覆绿树，温暖而又勃勃生机
忽然一朵坠地，只有稼轩试问花留春几日

2014. 3. 26

紫薇花

隆中三顾庐的那两棵紫薇，花开至隋唐
终为主人续写了分久必合
紫薇五百年尚开花，年年半载烂漫
艳艳晴霞、霏霏绛雪
微风至，天娇颤动，舞燕惊鸿
不占园中最上春，桃李无言，杜牧自况
开元盛世，原因中书省改名紫薇省
白居易辄自称紫薇花对紫薇郎
古老的树年轻之心
才试麻姑纤鸟爪，无风娇影自轻扬

2014. 3. 27

扶桑花

相挽的扶桑树，茫茫东海大门

太阳神羲和为儿子三足乌每日驾车从此

　　升起

一路上太阳不断撒下扶桑花

东坡观之称其焰焰烧空

锄禾日当午的李绅暂时放下锄头

再次感慨看那艳丽扶桑花

"每叹芳菲四时厌，不知开落有春风"

太阳一样热情豪放，却有一颗独特纤细

　　之心

丘比特射出的箭

无怪乎古时美人早就买来插头佩戴

2014. 3. 29

茉莉花

好一朵茉莉花的旋律
贯穿普契尼的《图兰多特》
花的芳香，解开美丽而冷酷的元代公主
　　的谜
世界闻到中国满园花草中
香也香不过它的茉莉花
一卉能熏一室香，清雅幽远而甜郁

茉莉花开，雪也白不过它
玉骨冰肌，月夜清辉赏雪花
嫦娥醉后掉下的玉簪头
嗅到的却是春天的气味
采茶女采茶，也有心采一朵茉莉花戴
如今再不怕被旁人笑

2014. 3. 30

紫藤花

现代园林里，紫藤花仍做古典思想的美人
红绣球抛到谁，就会缘谁而上，条蔓纠
　　结成连理
攀绕枯木，爱让他再次逢春
庭院的棚架，紫藤花的爱结成画廊
古典的爱一样有杀伤的表现
缠绕的爱化成梁祝的翠蝶
串串翔于绿叶藤蔓间
坐卧其下的有心者，浑可忘世
紫藤花的灿烂，流动的瀑布
爱过了，再为爱做一张张紫萝饼

2014. 4. 1

凤仙花

凤仙花开，美人们深入花丛采摘
捣烂于金盆卷敷指甲上，朝看已是猩红捻
古时美容店，埃及艳后的染发剂
好女儿花助女儿妆

彩凤一样的凤仙花展示优美，斑斓艳丽
任意生长于篱墙坑洼边
绽开在冷蝶饥蜂两不知时
秋阳下花色浓郁深重
现代美甲店却让凤仙花成为回忆

2014. 4. 3

紫荆花

一簇簇紫红色花相拥枝条
如火如荼燃烧的情谊
演化了三荆欢同株手足情故事
风吹紫荆树，也吹来杜甫胞弟失散多年
　　后消息
忧郁诗人脸上难得一笑

紫荆含芳独暮春，紫艳暮春庭
枝枝匝匝如画如染
落叶缤纷，也落下甜甜花香
还如故园树，忽忆故园人，勾起韦应物
　　思乡心切
树下一杯苦茶，悠悠花落掩其上

2014. 4. 4

荇菜花

雎鸠关关鸣叫，金黄色小伞张开青荇上
这参差荇菜，姑娘左右流之，左右采之，
　　左右芼之
采摘麻利而优美，让小伙子辗转追求几
　　千年
徐志摩看见了这软泥上的青荇
油油地在水底招摇

漾漾泛菱荇，片片黄金炼出的金莲子
安放于如睡莲如莼菜的绿叶
安放于诗经首篇
从此只有后妃方得采集，诸侯夫人只能
　　采白蒿
荇菜还在水中招摇，小伙子还要寤寐求
　　之多久

2014.4.4

木槿花

有女同车，颜如舜华，洵美且都
诗经中的这部小车，载着木槿花一样姣
　美女子
至今行走在历史长河的曲径，美的驱使
木槿花大放异彩，开在每条车可能经过
　的路旁
一颗颗野火般热心于暮时燃尽
几千年厚积薄发，一朵朵新花层出不穷
验证野火烧不尽的至理
横眉冷对的鲁迅也弯腰捡拾落英
写下了他的散文集《朝花夕拾》
木槿花每次凋谢，目的是下一次更加绚丽

2014. 4. 5

瑞香花

露申辛夷，死林薄兮

屈原总那么急于被认可，感慨瑞香辛夷
　　死于荒野

大浪淘沙，终于杨贵妃见了

羞回眼尾，愁聚眉丛，百媚顿失

春节的喜气中，瑞香花瑞气临门

花香已飘千里之外

百花熏得酒酣，醉里骂花贼

窥花莫扑枝头蝶，那是锦簇成团的花儿

清心的人观其艳而不妖，香却不俗

一派道骨仙风，屈原死而瞑目

2014. 4. 5

梅　花

梅雪争春了千年，枝丫已争得苍老遒劲
胜负未分
诗人亦争得历久弥新
"不知园里树，若个是真梅"，只好手触
林逋铁下心追踪到底，梅妻鹤子
"疏影横斜""暗香浮动"，画龙点睛了梅
咏梅诗的千古绝唱，吓退了后来者
陆游为情所困，只见梅花不见人
宁可化身千亿，一树梅前一放翁，必见
　唐琬
流光易逝，不再重复那《摽有梅》

2014. 4. 5

水仙花

吴承恩神游一趟西天后，着实忘不掉水仙
玉立小娉婷，罗袜凌波步
只恐这小洛神遭到梅花妒，后悔早皈依
　　了悟空

仙子总是惹人敬，供在新年，带来春天
立足纤尘不染，青春托举起金盏银台
冰骨玉肌，清香馥郁，高雅绝俗
动人心弦的纯洁凌雪不畏寒
一部人神与共的典范
开在一年四季在于春的起点

2014. 4. 8

李 花

"李花怒放一树白"，李白一句吟出自己
　名字
终究是传说，不过省却了李花赘述
孔子选《诗》，留下"投我以桃，报之
　以李"
他在复礼，且认为李贵于桃
世风日下，爱浓艳爱热闹爱华美
李花一色少人吟咏，花光月色两徘徊
淡极始知花更艳，宝钗知之
桃李不言，下自成蹊
司马迁让历史流传李广，也广播了李花
终于李桃满天下

2014. 4. 8

梧桐花

凤凰飞向北海，非梧桐不止
召康公随行成王植树赋诗
梧桐生矣，于彼朝阳
满树梧桐花摇响紫色风铃，飘动清香
引得凤凰来，奠定成康盛世

寂寞梧桐深院锁清秋
那是繁花落尽、流响不出疏桐后李煜的
　愁上愁
梧桐树凌霄不屈己
即使烧焦，也要做成一把焦尾琴

2014. 4. 8

雪莲花

冷酷僵亡的雪山，佛超度给了心脏优钵罗
雪山复活了，碧色的心房打开
一颗纯洁冰心绽放
雪山眼神恢复锋利，太阳怯于直视而失
　　掉温暖

读佛经的岑参识破禅心
优钵罗花亭亭而遗世独芳
夜掩朝开多异香，耻与众草为伍
俗家子弟肉眼未识，呼其雪莲花
只当了面对严寒坚韧纯洁相爱的誓言

2014.4.9

牵牛花

牛郎亦有浪漫，折牵牛花献织女
斜插鬓云香，滴下相思泪
这些均记载于唐诗宋词
牛郎毕竟农家子弟，送花也非妖姬玫瑰
田野路边的牵牛花则可
罗裙般的圆，流动着绚烂的红激溌的紫
青嫩温柔的枝蔓顽强延伸梦想
也传递她"勤娘子"的本色
四点钟的闹铃，准时打开朵朵喇叭
叫醒牛郎挑水耕田，织女织布浇园

2014. 4. 10

豆蔻花

卷珠帘，杜牧讶然，见花不见人
豆蔻梢头二月初
丁香结似的豆蔻花含苞待放
麦子的小满，如娉娉袅袅十三岁少女
珠帘落，遮不住豆蔻年花

豆蔻花盛，结就同心芯
豆蔻的辛香成就了名叫豆蔻的女人
等待在乾隆南巡的路上
自古桃花怜命薄，也写下她自己的谶语

2014. 4. 11

曼陀罗花

石榴裙一样妖娆的五棱花
受了神与魔的共抚，花色大起大落
舞动着妖冶火焰
不舍昼夜降落佛国，遍地缤纷
佛经解释为适意，见者愉悦
开在《本草纲目》
笑采酿酒饮，令人笑；舞采酿酒饮，令
　人舞
刮骨疗毒，关云长的蒙娜丽莎微笑
迷幻理智成为感觉的俘虏

曼陀罗花使生陶醉，将死媚惑
一把钥匙打开分割天堂地狱之门的铁锁

2014. 4. 11

荻 花

荻花总现于夜间诗人的眼、元妃的笔
轰轰烈烈的元妃省亲便把"荻芦夜雪"
　　留给大观园
身在夔州的杜甫，每至夜晚望北斗望月
　　亮找京华
发现照亮藤萝的月，已映洲前芦荻花
白居易夜晚送客，让枫叶荻花相随
茫茫荻花挥起素手惨将别
却不意招来半遮面的琵琶女，未成曲调
　　先有情
送客行演奏成千古的琵琶行，至今声闻
　　浔阳江头
原上荻花飘素发，蓦然回首，白了少年头

2014. 4. 12

木香花

木香花望若堆雪飘香十里
茉莉花张开的伞，羞煞梨花不解香
香迷玉帝，出巡辄折藤蔓铺路
遂使诗人日日狂

木香花自谦，却与牡丹共开
分得梅花一半香
花蕾与花蕾簇拥，枝条与枝条牵绊
盖得大观园木香棚
白如香雪，黄若披锦
满眼木香花世界，超凡脱俗不染尘埃

2014. 4. 12

合欢花

虞舜鞠躬尽瘁于苍梧，抛下娥皇、女英
上古版的孟姜女，遍寻湘江，哭尽血泪
　　而亡
那时无长城可哭倒，幻化出一棵棵合欢树
朵朵吐艳的合欢花，细长花丝就是飞溅
　　的血痕
伤心藏起，只让美丽展现
红绣球花团，女子含羞的红晕
昼张夜合的含羞叶，不事张扬那份至爱
只惦记早早归家的路，小屋紧闭
至亲至爱，爱情的合欢树高大优美
东风香吐合欢花，点点红唇相爱

2014. 4. 12

昙　花

"昙花不理解成语"
十岁高璨一语道尽了昙花

昙花心装韦陀，相约夜深寂静时
一生美丽只为此刻
羞答答花蕾低垂，一瞬间洁白花瓣层层
　　张开
微微颤动扬起楚楚动人的脸
柔美月光轻抚那幅绝美图
全世界只一种美一种香
昙花无怪被风吹落，欣慰结束于曙光
花神历史连同尘世过眼云烟
昙花美丽定格一世青春

2014. 4. 13

含羞草花

淡红色小杨梅缀于鸟羽

杨玉环好奇触之，原是羽毛状叶子霎时
　闭合

像娇羞少女，叶柄也忸怩垂下

从此玉环"闭花"后宫，三千宠爱于一身

娇小的含羞草，花儿亦绒绒的羞涩成团儿

双手时时放于那两扇门环

如风轻柔隐没在芸芸草丛中，朦胧着美丽

含羞草一鸣惊人，成就了千古美人

让长恨歌流芳，绵绵无绝期

2014. 4. 13

木芙蓉花

木芙蓉清晨冰明玉润，不肯嫁东风

一盏小酒排遣，面若桃红

三杯过后释怀，斜日下酒红和困来

三醉芙蓉艳若菡萏，临池醉卧

波光花影活脱出照水芙蓉慵懒态

一阵秋风和霜来，酒醒醉芙蓉

颤巍巍交花印与晴雯

千林扫作一番黄，只有芙蓉独自芳

晴雯率众弄色，任霜侵露凌

芙蓉依然风姿艳丽，占尽深秋风情

2014. 4. 14

格桑花

神秘的雪域高原，佛界后花园
一切众生平等
佛给大地遍撒花朵，无须张三李四区别
无论金露梅、波斯菊，还是狼毒、驴蹄草
都称之格桑梅朵，幸福的花儿
花儿开在农舍边、小溪旁、树林下
花儿开在四季，少了夏秋冬
一团团格桑花紧密簇拥，大地铺上锦绣
风雨中挺翠，阳光中灿烂
格桑花，佛教信物花
佛说，有佛就有格桑梅朵

2014. 4. 14

蜀葵花

蜀葵起身就是一丈红，一枝独秀
五尺栏杆遮不尽，尚留一半与人看
明时的日本使者不识蜀葵却道尽蜀葵
一串串蜀葵花深红间浅红
红颜一展，麦田金浪翻滚好收成
许远研叶汁于竹纸制成葵笺
分赠元稹白居易作诗唱和
"通江唱和"，拉近元白所在通州与江州
可惜岑参认错了蜀葵花
"莫惜床头沽酒钱"，言之凿凿："君不
　见，蜀葵花"

2014.4.16

茱萸花

王维遍插茱萸使花儿千年兴盛
开在山野、庭院，尤其让茱萸花开亲人
　心田
那是蒙了金的一树树花儿，佛祖金身
早春就爆出的花蕾竞相怒放，花纤蕊突
每朵花打着天上的星星伞
不让那满含眷眷亲情的心淋雨
待到登高菊花酒后，茱萸香堕紫菊气
树上缀满红玛瑙，颗颗晶莹圆润
十五的月亮十六圆

2014.4.16

飞蓬花

一枚枚小小的葵花，不理睬太阳
粉蓝白黄色彩衣，随性着于飞蓬枝叶
闪光的星星布满大地，无处不在
不在乎什么"末大于本"，转蓬就转蓬吧
风飘蓬飞，任花儿逍遥游，载离寒暑
呵呵！上古圣人，见转蓬始知为轮
飞蓬花这只小鸭当属先知
野外飘零，身不由己，那是文人的多愁
蓬生麻中，不扶而直，荀子也只是说对
　一半

2014. 4. 17

射干花

"茎梗疏长如射人之长竿"射出的花
如彩蝶展翅欲飞，如斑纹豹腾起
妖娆趣味的花朵如其名一样自古神秘
千岁之射干，其血涂足行水上不沉没
《抱朴子》还记载了许多神奇
掘荃蕙与射干兮，屈原先生惋惜这些香
　草命运
剑一样叶片阳光下闪耀亮光
疯狂野性的花朵也有羞红时刻
悄悄纠正《抱朴子》的神奇说法

2014. 4. 17

梓树花

古者五亩之宅必种桑、梓

"维桑与梓，必恭敬止"

没有其他植物能使朱熹和《诗经》发此
　　号令

朱熹坐于梓木家具，举目修直荫浓梓树

一簇簇黄白色钟状的花儿垂挂

随风摇曳出"桐天梓地"琴音

仿佛孔子率弟子被困而悠然抚琴

此情此景，老先生下刀镂刻梓木版

付梓《诗集传》《晦庵词》

久遭贬谪的柳宗元却是另一番滋味

"乡禽何事亦来此，令我生心忆桑梓"

2014. 4. 18

鸢尾花

鸢尾花自古做着雄鹰的梦

他讲给了《神农本草经》，只得到鹰的

　尾巴

一丝幽怨的鸢尾沉于幻

终从梦里飞出一只只紫蝶

鹰尾的叶子顿时如利剑，充当护花者

一群蝴蝶翩翩起舞，剑叶也温柔扭动身躯

领舞的那只白蝴蝶招呼整个舞队

充满律动和谐的鸢尾花之舞

这一刻被梵高敏锐捕捉，写上画布

便着了向日葵一样的魔

呐喊出旺盛的生命力至于燃烧

2014. 4. 19

钩吻花

装扮成金银花，张开淡黄色喇叭
花壁上点点血渍却无法清洁
若隐若现的芳香，久闻则生幻
那一天，一簇相牵的钩吻花捧于绿叶之手
灿烂的容颜太阳也视之一笑
遍尝百草的神农摘一叶入口细细体会
感受到腹内火海似翻江倒海
神农吞下那枚可视自己胃肠的解毒叶子
已是寸断柔肠
这诱惑的钩吻花以至于断肠
急于洗刷恶名的断肠草
慌忙解了《射雕》杨过所中的情花毒

2014.4.21

芄兰花

童子佩觿，佩上如锥的解结用具
童子佩韘，佩上形同射箭用的钩弦
这是《诗经》时代童子们的向往，从此
　不再童子

如锥的觿结在芄兰藤蔓，低头吃草的山羊
如钩的韘开在芄兰枝头，弯曲的粉紫色
　花儿
嘴角上扬意味深长的微笑
钩吻童子换上成人装
从容又安闲的童子，容兮遂兮
低垂的成人衣带却颤巍巍抖动

2014. 4. 23

橘　花

后皇嘉树，绿叶素容，纷其可喜兮
屈原首开先河，歌出中国文人第一首咏
　　物诗
受命不迁的橘树总有点羞涩
也将细小洁白花朵掩藏于绿叶
安静如冬末残雪，却藏不住缕缕清香
"花静何须艳，林深不隔香"，杨万里信
　　服道
残雪融尽，一盏盏小橘灯点燃
秀色满园关不住，屈原直呼：文章烂兮
春天打碎了橘花这盏雪，满树晕染橘红
不落的清晨，日出南国红胜火

2014.4.24

紫云英花

紫云英，他们集体喊出的名字
他们就喜欢你拉我、我挨你一起望得更远
仿佛望见《防有鹊巢》中走来的那位忐
　忑青年
放心吧，美人没有向你撒谎
他们开口笑了，那么灿烂，一张张笑口
　涂了紫色兰蔻
田野顿时生起一片片紫色云朵
"邛有旨苕"，苕哪有紫云英响亮，脱口
　而出
飘荡的紫云英降下种子雨
秋种成春来的地肥，春长为秋田的营养

2014. 4. 25

紫菀花

山道独行踽踽的人看见了伙伴
一路上都在默默伴随
顾细的身材微微倾动，露出野菊花灿烂
　　容颜
独行人恍然，一下唤出紫菀的名字
漫山遍野响应起紫
朵朵闪动烁烁眼睛和纤细睫毛
夏风悄悄吹开了紫菀花，没有春风那么
　　招摇
没有云想衣裳花想容那般妖娆
紫菀花为山野做了一件碎花布衣裳

2014.4.26

款冬花

雪花开了，款冬花也开了，于冬最好的
　款待
百草荣于春，独款冬荣于雪中
花蕾深埋泥土，似荷花出淤泥而不染
破冰而出的花朵，一枝寻找太阳的葵花
万物凋萎萧瑟，阳光惨淡于款冬花的艳黄
不顾冰雪最先春，却不与寒梅争艳丽
款冬花神守一生好友紫菀
人生得一知己足矣！还须何求？

2014. 4. 27

红蓼花

红蓼滩头秋已老
沉甸甸红蓼花却如秋天谷穗
水上的火焰，蘸水不灭
谷稻开始收割，红蓼花收获艳红

"秋波红蓼水，夕照青芜岸"
白居易眼中的曲江秋晚
良宵美景，胜却枫叶荻花秋瑟瑟
焉何蓼花送别，渲染离愁别绪，都是离
　　人眼中血
折一枝蓼花相送，明日看瓶中生根几许

2014.4.27.

结香花

柔软的心如结香树的柔枝
纵使心有千千结，也能结出芳香的结香花

只是梦的路好长，绕过一个个结
沉甸甸垂下花蕾的头
结香树也长了梦境中姿态，千缠万绕的
　婀娜
结愈多而花香愈浓烈
梦花如团团金绣球拴于枝条，结成连理
抛不掉的绣球啊，花落自家

2014. 4. 27

羽叶鸢萝花

翠鸟衔来藤蔓装点你的窗户
落满一只只绿鸟儿，等你的梦开花
晨曦筑好梦的出路，落在窗的绿丛中
开出一朵朵闪烁的红星星白星星
闪亮的眼神，眨动长长睫毛
小小的高脚酒杯托举，清香秀丽
梦不再幽闭黯淡，踏着曦光随鸟儿飞出
　窗外
夜晚，梦还会返回，闭合在星星里
等着次日另一朵梦盛开

2014. 4. 28

绣球花

为择婿而生而开，演绎绣球姻缘
自从发生了薛仁贵王宝钏事件
寒窑周边十八里绝迹了荠菜
绣球树却繁茂如丘，色绿得黯然
团团白雪高抛去，冻在枝头春不知
无人问津的绣球花，脸色渐转粉色，再
　　至紫红
绣球累累压低树，拉紧的弓弦
弦断花落，历史减少了重演
春暖花开，街头叫卖荠荠菜

2014. 4. 29

蓼蓝花

穗状紫红色蓼蓝花唱着丰收的歌儿
结出的种子却注定长出蓝，而且青出于蓝
哲学了荀子，《劝学》几千年
书写一日三秋的古代爱情
丈夫采蓝，"五日为期，六日不詹"
妻子倚门远眺，思念和担忧
汲取教训啊，往后狩猎打鱼定要跟随
那份爱情凝结的靛蓝至今扎染
染去心的光怪陆离，回到安静朴素本源

2014.4.29

红　花

茜草遗失于张骞西域的返程
他揣着红花种子，仿佛手擎火炬
燃裂的真红滴落焉支山，顺便带回胭脂
种于中土的红花使出浑身解数
花瓣张扬成长长细管
传递股股异香，招来追随香妃的无数蝴蝶
片片绿叶也现出鲨鱼利齿
红色遂成隋唐流行色
"红花颜色掩千花，任是猩猩血未加"
红花单刀直入，直呼之红

2014. 4. 30

茜草花

出其东门，有女如云
只有缟衣茹藘的女子才是所爱
白衣飘飘，乌发红巾
因为茜草鲜红的漂染赢得了思慕

茜草，远古的红色之母
一条条藤蔓在丛林坡地编织成网
不起眼的小黄花如网结
血见愁的根须深深扎于黑土
爆炸出自然界最强悍色彩

"茜裙偷傍桃花立"
凭栏面向东风泣的林妹妹
手捧《诗》书出东门又该如何

2014. 4. 30

仙人掌花

遗忘而皱巴的仙人掌，哪怕多久后想起
一瓢清水，就会展现新绿
偶尔的一天，伸展的毛刺旁边结满黄色
　　蚕茧
阳光的织机将其编织成金色绸缎
再现一幅沙漠英雄花本色

仙人掌，沙漠的华表，居室的佩饰
变化万千的奇形怪状
花朵分外娇艳，淌着流苏般花穗
绽放生命的工艺品，从不索求

2014. 5. 7

山矾花

山矾花开，满树碎玉等待雕琢
风的刻刀划过，飘廊点点色轻轻
黄庭坚喜上眉梢，轻风正用此时来
留恋难返于爱着的幽香
他要多加欣赏，讲给欲求此花栽的王安石

梅花苦寒，兰花伤艳
秦淮诗人柳如是望梅兰而摇首
独喜山矾清而不寒，香而不艳，有淑姬
　　静女之风
至此，山矾花少见花谱，多见医典
莫非医治红颜薄命之胸闷

2014. 5. 14

荠菜花

迎春花给春天画了一张亮黄的饼
春还躲在南方温暖的燕巢
落花仍镶进冰的镜框里

辛弃疾一声喊："春在溪头荠菜花"
流水落花，漂走的是城中桃李
春天在荠菜的香中发酵
白色十字的荠菜花擎起春的旗帜
路边田野无处不荠菜，恰如潜入的春风
在遍布的白色花瓣上招展
荡来童年、故乡和淡黄色时光

2014. 5. 23

鸡冠花

立于陈后主后庭院的一只只雄鸡，顶浓
　　艳花冠
五更只欠一声啼，却传出《后庭花》乐音
"花开花落不长久，落红满地归寂中"
鸡冠花听出这亡国之音，提前了预兆
陈皇帝不得要领却撷其形入词？
让李白吟出"天子龙沉景阳井，谁歌
　　《玉树后庭花》"
遂有杜牧对商女不知亡国恨的认识

立于陈后主后庭院的鸡冠花
无意见证了衰亡，却被枉只戴鸡冠不司晨
庭院外高冠红突兀，人而闻鸡起舞

2014. 5. 23

野豌豆花

采薇采薇，薇亦作止、柔止、刚止，我
　行不来
野薇啊，你已经发芽了、枝叶柔嫩了
　粗壮刚健了
戍边的我还不知能否还家

首阳山的野薇啊，去年的花儿为何不更
　繁华点
一眼望去，满山尽落紫蝶
这样则不至于饿死薇亦尽的伯夷、叔齐

动听的薇藏了如许伤悲的上古故事
隐姓埋名也不愿承受历史之重
野豌豆的名字使你如释重负
遍野的紫豌豆花像结满紫色扁豆
如今的文学里不再有《采野豌豆》

2014.5.24

楝　花

二十四番花信风，梅花为首，楝花为终
看不出楝花的潦草，层层细着花
把万紫的春一笔一画描上楝枝，善始善终

萍风起，梅雨过，王安石晚步
"小雨轻风落楝花，细红如雪点平沙"
清婉雅丽的楝花让这位老者政治热情消减
楝花飘砌，簌簌清香细，生死皆为香
即使屈原未列其入香木，楝花亦开在端午

2014.5.26

剪秋罗花

不知动用了多少巧手，剪纸了多少花朵
全被六月的风吹向山野，吹向树荫
一张张裁剪的纸花挂于剪秋罗，盛开的
　朵朵鲜花
又如轻软镂空的罗衣拂动，露重花浓

剪秋罗，生于阴湿环境而开出鲜艳花朵
只因沾了"秋"字，空蒙一层凄苦
"几瓣秋花倚泪看，萧瑟罗衣裁不就"
恍见宫女手中的剪刀寒光灼灼

2014.6.3

菖蒲花

元稹告别了薛涛，便将菖蒲花种子植于
　庭院
端午时节，菖蒲剑一样叶片悬于门窗
　凉爽了初夏
菖蒲、艾叶的燃香驱赶蚊虫，雄黄酒仿
　佛点燃
元稹心不在焉手中的《楚辞》，尤其读
　不进其中《渔夫》
庭院呆望，遑论"众人皆醉我独醒"
菖蒲花紫色花瓣漫天飞舞，穿透了五彩
　的云
漫卷《楚辞》喜欲狂，那枚情种开花了
"别后相思隔烟水，菖蒲花发五云高"
清醒后的元稹草就好寄于薛涛
而她的菖蒲早已亭亭玉立，飘逸俊秀

2014.6.8

蓟 花

风涌动麦浪，一浪过后隐现几顶紫缨帽
谁家顽皮孩子在捉迷藏
麦子低伏处，露出紫缨下锯齿状茎叶
"蓟蓟芽，满地爬，咬我的手，嗑你的牙"
见不到顽皮孩子，却听到久远的歌谣

蓟花，麦田里根除不掉而不知疲倦的杂草
或已获得驯化植物的特点，与人为邻
紫红色花儿渐渐老去，银发满头
你扯下头上发丝扬起于秋风中
将未来托付于风，随其飞泊至命运栖息地

2014. 6. 14

葛　花

《诗经》中的葛藤至今还在书中蔓延
　　施于中谷
维叶萋萋，维叶莫莫，覆盖了整座山
葛藤上长满花冠，一只只翩翩紫蝶
漫山遍野，只剩下绿和紫
黄莺儿不甘色彩的单调，鸣叫着集中而来
穿戴各色葛布衣的女子们也来至山上
是刈是濩，她们喜欢这葛织的衣着
山下的男子们定会饮酒狂欢
他们等待山上的葛花被采摘回来解酒
欢快的女子却告假归宁父母

《诗经》中的葛藤至今还在书中蔓延
　　施于中谷，开花于诗中

2014.6.21

油菜花

桃花净尽时，百亩庭中开满油菜花
前度刘郎刘禹锡又来，感慨种桃道士归
　　何处
种桃道士都是些附炎趋势者
如今世界最大花园非油菜花莫属
那是太阳的炼金炉倾翻了
世上画家竭尽所能黄色描绘之
杨万里动员了所有儿童追赶黄蝶飞入菜花

桃花净尽时，花不再一朵朵，色不再白
　　里透红
世界乃一袭金色油菜花锦帛

2014. 6. 23

评论

凡正在写诗的，都爱着。

诗和爱一样，不必教，也学不会。就像无法斟酌面对所爱时，颦蹙或微笑的表情。诗歌也是一样，诗句无法建造。

没有时代烙印的诗，以及一切，是自由的，《一样的河西河东》就是如此。

——摘自高璨《薄薄的三十年》

薄薄的三十年
——读《一样的河西河东》有感

高 璨

（这是爸爸的第三本诗集，写作时间比前两本早三十年。）

刚下过雨，还是阴天，想了数种开篇，无从落笔。窗外的树特别的绿。

我大概是一个从诗中诞生的孩子。

这些诗本身被淡忘了，若不是蓝黑色墨水，写在终会泛黄的纸上，1987年下半年到1988年上半年，将又会是被遗忘的一年。遗忘的力量鬼使神差，即，想不起时，就好像从未发生过；想起时，三十年隔着一张薄薄的扉页。

这本诗集的神奇之处在于，我读它，像一条小溪赤着脚逆流着走回她的源头，看石头和青草如何在更接近天空的地方生长，看我的细胞、肌肉、骨骼，如何在诗里一点点地长成，虽然我的出生距离这本诗集的形成还有七八年的路。

这是一本爱情诗集，爱是每个人开始的地方。

如果真的读诗，就没有"读"了，"读"这个动作无法发生，因为字里行间不会有旁观者。我从不懂作者，也不会擅以为我懂了作者，我只懂自己。而我特别喜欢的诗，往往是因为，我用我的舌，也可以尝出诗里的味道，用我的皮肤，可以感受到诗里的炽热、冰凉，或者，仅仅是一阵风。在《借》一诗中"我也说不清／心使然／也许，借的是／暖水袋或者／晾衣架／等你晒衣服"。空气是静止的，窗外雨也停了，我所能看见的就是风和白色阳台，女孩的二十岁，在清透的日光下，心事如同衬衣皱褶，一遍遍抚平，却是越暖越热。

凡正在写诗的，都爱着。

诗和爱一样，不必教，也学不会。就像无法斟酌面对所爱时，颦蹙或微笑的表情。诗歌也是一样，诗句无法建造，这世上诗人多，诗匠也多，无妨，各有所爱者。大众的流行是平庸的另一种，好听的叫法。

诗歌是一种隐秘的情感，诗句是暗号，却不必解谜，青苹果、红苹果挂在树上，就是这样。至于这棵树之前怎样长成，这些苹果之后何去何从，都不必问，也不必说，苹果树为什么要结苹果，诗人为什么要写诗呢。

——总不会是为了写诗而写诗，是为了一些别的事情，比如，我年轻的爸爸，遇见我年轻的妈妈——

"我证实世上有你/便相信自己的存在"

三十年后，在看到这本诗集之前，二十岁的我也兀自写道："你栖在我的肩头我便可以说/存在着/你站在每朵花儿里/这世界从未如此真实"。

像一个童话，从一本三十年前的手写诗集中，我觅到了一位知己，细腻、敏感，温柔而热烈，"仿佛我破碎的心/因为还没有盼到结果/支离破碎里/仍是一个个完整的你/因此买一瓶万能胶/自己把她粘好/碎了再胶"

少年呵！

"啊，为什么要把你的伤心/落在我睫毛上/飘入我的视野/我的每一个器官已经超载了苦痛//我拉紧了窗帘"

"我拉紧了窗帘"这六个字过于形象，又过于抽象，不只是一扇窗帘拉上了，似乎还有一颗怎样藏，用厚棉袄都掩不住的心，要去敏感、多疑、浮想联翩。这窗帘不得不拉，却拉不上。与其说是知己，不如说，像自己。

"为你写一首惜爱的小诗/你却谱以林中的旋律/我的藩篱/已经是毁灭性的空荡"

爸爸写的诗，画面感都极强，读这首诗时，我是看得见篱笆的，我也是看得见空荡的，甚至毁灭性的，像一个巨大的钟杵，撞我如撞一口钟，且不说胸口疼得慌，光是这振聋发聩的余音，铜锈色的往事，瞬时锈满大地。

读现代诗十年有余，并未读过很多，但也算得上有自己的标准判断，认识一个诗人，一句诗恐怕太浅，两三首就知其风格。第一次发现爸爸的这本诗稿，距离现在还要早几年，当时就感叹其中诗歌的前卫性。是这样的一首"我们的爱情是实践的誓言/不可道/只透你几行符号/ = /↗/ ～ ～ ～/⇌/！/……"我深以为惊奇。在那个年代，估计还未曾有谁这样写过，且不论敢不敢，想估计都想不到。然而此诗却不是刻意的标新立异，正如我前面说到，诗句是暗号，情话也是，美妙不可方物。

爸爸说，写一首诗就寄给妈妈一首，我时常打趣地声称找到了他们得以相爱的原因。这本诗集中离别情景极多，"两地的不思茶饭/融化的冰糖/裹着滚烫的热泪儿/不得冷却/还得改作/轻轻挥手的好/既是作别/又是召唤"读罢，赞叹一声：爱情真好。另说这首诗，每一个字词都朴素平实，也没有新奇的句式或断句，但却声声叩响在我的心上，历历在目的，是个故事，没什么时代感，没什么岁月感，并不是那个时候的爱情更为质朴，而是直到现在人性中关于爱的部分，只字未变。

"只有别前启车时/要一个手炉揣在怀里/又可惜车启得早/留下一个冬天的冰道/延伸着，延伸着/直到别了小别"。结尾两句，灯不是突然亮起，而是极其缓慢，像花开的过程，即使慢，我也愿意等，甜蜜的等待比甜蜜本身让人沉溺，所有故事都有美好结局。

没有时代烙印的诗，以及一切，是自由的，《一样的河西河东》就是如此。

我们总说某某在文学上，或者诗歌上，打破了僵化状态，引领了潮流，是这样那样的先驱，但是我深深地坚信，这只是因为他们被发现了而已。没被发现的还大有人在，这世间的名誉利益，皆具备契机，然而诗性为恒量。诗性不会与外界的一切成正比或反比的增减，不是因为流行，就意味着更好，当然也不是说因为流行，就是庸俗。读海子的诗十一年，这十一年中我见识了无数次热爱海子诗歌的狂潮在人群中汹涌，有时是几句话，有时是一首诗——在这个时代，最令我痛惜的是，文字成为了一种挠痒工具，到挠痒处，就火了，能挠多久呢，就弃了。在文学上，尤其在诗歌上，迎合市场，迎合大众的行为，就是自贬为"老头乐"一类商品的营销方式。而逝者无法发声，所以他们的文字被肢解地拿来做休闲娱乐的补丁，做鸡汤的配料。尼采的一句话最近被引用颇多，"每个不曾起舞的日子，都是对生命的辜负"，纷纷转载此句话的人，其实不知其真味，把太阳当做萤火虫照亮，其实是荒唐的。无法改变，但也无妨，变态节目的存在，仰仗着观众；同理，现在一些不堪入目的所谓"诗歌"也有"追随者"，口味不同罢了。但若本没有品位，被"熏"陶成这样不识香臭，是其个人的不幸，而非诗歌的劫难，大地的歌声从来不曾停息，像这样：

"薄雪花的时候／迎春树便孵出／黄嘴小儿／伸出尖喙／轻啄"

精致而温暖，与"时尚"或"流行"不同的是，一万年后雪还会在春天落得薄，迎春花还会这样鹅黄地开。

我的妈妈很美，不是女儿出于爱的赞美，而是让风看、月看、云看、水看，都很美的那种美。在这本小小的诗集中，这种美被我爸爸描述成各种精致的样子——

"风打得门儿好急呦／让我去闭紧／颤喜地竟觑见一剪寒梅／被世上唯一的人儿／捧着"，如果需要寻找，怎么说情话，可以从此书中寻找，恋爱中，说得不愿再说的"你是我的唯一"，在此处只是摇身一变，遂成为"世上唯一的人儿"。

"兴奋抑或煎熬/还是缺少期盼的景致/姹红的单车/芙蓉花伞/那飘至的玉人"不仅是"世上唯一的人儿"，而且还是"玉人"，单论"那飘至的玉人"，与《雨巷》中的女子并不相上下。

"带几分不惑，而又/信以为真的，你/童真的秀目/每次，当我赞美你，或/夸夸其谈时/你总是这般地/睁大那双清澈的明眸/低头瞧你，抑或/仰面望我/带几分不惑，而又/信以为真"王国维说，凡可爱者不可信，可信者不可爱。在爱人的眼中，心里，既可爱，又可信。

还多有俏皮幽默的，让我不禁惊叹爸爸的情话功底"爱你像一粒青杏/生在枝叶间，拜着希望/而无熟期/好融进我的光热/飘溢着早春的嫩香/回荡着孩童们心底的爽笑//我怕那成熟的果/带走你茸茸的童年/少了绿色，少了青小质实的奇趣/辜负了古人代我赞你的/'花褪残红青杏小'"。其中"古人代我赞你的"我还从未见过，这种甜蜜都渗透到历史中，任用古人为智囊团的说辞。

"我在你踏出的小径上/栽满油绿光滑的青草/侥幸你走出一个趔趄/为你一扶/你却诅咒这栽草人/

'一辈子恨死了！'"人都说，少女多怀春，其实不然。少年的心思，你也别猜。

"爱你扮作猫儿的脸/神似，仿佛你的一生/妩媚和温顺和童心/永不枯竭。还会时常/现出忘年的乐极/几十年后，用手摸抚庞儿/惊问这若干年？/还少岁月的印记/我只得将你的头发挽成一个鬏，扮成/我的小妇人"

这最后一首其实不可言传，诗中的几十年，转眼就过了三十年，确实"还少岁月的印记"，确实妈妈经常会绾着发，不知是诗歌预言了未来，还是未来因着诗篇发生。

单看这一本诗集，我爸爸三十年前就是当之无愧的诗人，而诗人是没有年龄的，所以我爸爸生来就是诗人。

我可以毫不忌讳，也毫不夸张地说，现在国内一本诗歌刊物，一期刊物中，具有"诗灵""诗性"又运用得当的诗歌，不出十首。《一样的河西河东》则每一首都具有其真性情，没有丝毫修饰，丝毫伪装，无一首有目的，但每一首都是目的，大风吹去流云，心事如这风花雪月，爱情不属于时间，她是纵深的，所以诗和爱情都不会随时光老去。

爸爸这一本诗稿写完，就再没有动过笔。似乎是终于不用来回寄着信笺，不用看着火车来往，或是在车上将所有书籍都看成时刻表，之后，诗歌也沉寂了。再之后，我就出生了，我十岁开始写诗，我写诗的时候爸爸已经忘记他曾经还写过这些诗歌，妈妈也忘了，爸爸说他从没有觉得自己写过诗，爸爸虽然指导我，但自己的心态也是初学者。几年前无意间在书柜中发现，只翻几页我就甚为喜欢，爸爸却不以为意。我写诗的第十年爸爸又开始写诗了，不单单是爱情诗了，变得纷繁复杂。爸爸喜欢后者，但是我依然喜欢三十年前，写在纸上，白皙瘦削的白衣少年啊，诗出于自然。一秒的爱就可以化为十句的诗。

大地的歌声从不曾停息，之前说，这本诗集的神奇之处在于，我读它，像一条小溪赤着脚逆流着走回她的源头，看石头和青草如何在更按近天空的地方生长，看我的细胞、肌肉、骨骼，如何在诗里一点点地长成。大概，我是水，是河道中不同的发声者。

这本诗集的另一个神奇之处，或者说，所有记录文本的神奇之处在于，它们是岁月之琥珀——留不住的流连忘返，忆不起的勿忘我，均在文本中得到特赦，心动的悸动也一并封存。有些想不起来的事儿，如果到最后也未想起，岂不是和从未发生过一般。

在我的坚持和多次敦促下，爸爸重新翻出这本诗集。

在三十年前是臻品，今天也是臻品，三十年后也依然是，无论是文字，还是爱情。

我二十年被发现，如今终于做了一回——发现者。

2016.5.19 写于岳麓书院

"一声呼唤到了很久还是自己听见"
——读高彦平的诗

沈　奇

　　写下这部诗集的作者，是另一位诗人的父亲。他陪着那个小时候叫"珠珠"，入学后叫高璨，成名后大家耳熟能详还叫高璨的年轻女诗人，读诗十多年。他的生活似乎生来就是要与诗、与诗人共享美意、共度人生的。他与夫人、女儿用诗共同书写着，这个物质时代里稀有到让人难以置信而熟悉后又深感那么家常的精神童话——人伦天籁、诗歌之家，家长便是现在开始"亲自"写诗的高彦平。

　　记得八年前初次见到这一家"诗人"，方解"珠珠"何以如此早慧，原来爸爸妈妈竟是那样诗性地明锐与润活。三人一起，虽是两代，却宛如小友，共同葆有着那一种似清晨出发时的清亮与清纯，那一种未有名目而只存爱意与诗意的志气满满、兴致勃勃。尽管我很快发现，天才的小诗人高璨无须"教练"，但这样的爸爸妈妈，绝对是难得的"精神辅导员"，同时也隐隐约约在"辅导员爸爸"的眼神里，读出了迟早要"亲自"写诗的曙光初露。

> "那些年，我们不看童话/只生活于其
> 中"（《童话》）

于是有了意外之喜而又意料之中的《这一
年》——

这一年很慢
女儿读高中，十年寒窗熬吧
这一年很快
转眼女儿上了大学
从小学就陪她的狗狗只能吃大龄犬
　粮了
这一年乔迁了
尽管窗外声音轰鸣像在飞机场
我和老婆相爱充耳不闻
这一年旅游时我用手机照相
除了发微信还给别人点赞
这一年会唱《心经》与《十一面观音
　根本咒》了
这年末，我开始写诗
我不在乎诗人的称谓是褒是贬

这首诗，实在可以作彦平这部诗集的序诗来看的，诗心所在，诗感所由，诗意所居，全在里面了。且自然，且自在，且自得，且如平日做人般淡定自若。

T. S. 艾略特说"家是人们出发的地方"，作为诗人之家的"家长"，平日里，不知有多少好心情暗自酿着诗的意绪，窖藏既久，有待开启。难得的是早已过不惑之年的彦平，却总是少年情怀耿耿、年轻心态悠悠，故而待得"辅导员"期满，肩头一松，便顺顺溜溜"松快"出"亲自"写诗的兴头来，且一发不可收拾。

显然，如此"出发"的诗，不是什么虚构的荣誉，只是一种诗性生命之本能的需要，只是以一颗淡定、平常的心，经由诗的写作，来守护还弥散在生活中的希望与梦想，进而再转化为以诗为心旅的个人宗庙——一种"安身立命"的"栖居"方式——这样的写作，更多趋于精神向度的追求而非技艺性的经营，亦即写作的文本化过程；这样的写作，大多呈现为关于精神际遇的文字，而非关于文字的精神际遇。怎样生活，就怎样写作；怎样呼吸，就怎样歌吟。有如树木的生长，不尽是为了成材，为了出位于"雕梁画栋"之列，或就是想随缘就遇地成为一片小小的风景。

于是作为诗人的彦平会这样体味"开心"——

穿换季衣裳口袋里发现几张钞票
躺在白天太阳晒过的被子里
闻着阳光膨胀的气味
——《开心》

于是作为彦平的诗写会这样思考"刹那"——

生命在呼吸之间
被切分为无数刹那
稳定只是错觉
——《刹那》

也有刻意的经营，得来的意象平中见峭，意味深长——

天籁之音袅袅
月光扯下如帛白纸
隐者的回忆不着一字

——《隐者》

　　而更多的时候，则是见山不是山见水不是水的寻寻觅觅——

　　　　阳光穿过树叶发出落地声音
　　　　一声呼唤到了很久还是自己听见
——《山空》

　　穿过树叶的阳光落地而有声，实中有虚，清朗有致；穿越时空的呼唤，最终还是自己的耳朵接纳了自己的心声，虚中坐实，别具深意。进一步，由诗句念及诗人，虽是忽如一夜春风来，初"萌"中亦喜亦狂亦沉醉，却也能葱葱茏茏中不失清越底色，端的天性使然。回头方更加理解《这一年》中的结尾两句：这年末，我开始写诗／我不在乎诗人的称谓是褒是贬。

　　不在乎就好！

　　我常在诗歌界讲：写诗是个简单的事，弄得太复杂就没了意思。这是说作诗人要心事简单些好；又补充一句说：写诗是个复杂的事，弄得太简单也就没了意思。这是说作诗还是要心思复杂些好。此中的逻辑关系，当然还是简单作诗人为因而复杂作诗为果的好。

平日读彦平人，此时读彦平诗，心知他是明这个理的。

苔色待闲，花音有约，怡神洗心，精神卜居。

虽说就诗人彦平而言，眼下这怡神之诗意洗心之诗思尚在见山不是山见水不是水的寻寻觅觅之际，有待山转远转高、水转深转清的期许，不过一时作了诗人的彦平打根上就既知"山空"且了然"隐者的回忆不着一字"，那么，所谓高不高清不清的期许，大概也就无关紧要的了。

2014.2 于西安大雁塔印若居

九段论

黄　海

1

　　诗意存在于大地，海德格尔是思想的旅行家，而在古意的中国，我们有伟大的诗歌传统栖居在大地、山川、日月和星辰，白天和夜晚，寄情山水，怡然自得。自陶渊明、寒山子、王维、徐霞客开始，诗歌的古典诗意之门缓缓开启，它开阔地呈现出来并影响其他艺术别类，同时它又很好地融入儒道佛的宗义，形成自有的一套艺术逻辑和规范。

　　这些诗人都是行动的思想家，行万里路，写万卷书。对此参照当下诗人的写作，在日常生活驳杂的今天，我们在西化翻译诗歌语体的影响下进行所谓的学院写作，艰涩的陈词滥调，让鲜活的富有张力的汉语暗淡失色。而本诗集的作者高彦平的写作，我读后觉得他像长安最后一个隐士。原因是他的诗歌在艺术上有大隐之象，这种象普遍存在于士大夫阶层，更注重营造自己的心灵世界。一般来说，智者乐水，仁者乐山，山水只是诗人内心的一味调剂品，从市井生活回到片刻的沉静的自然状态。作者在自己的王国天马行空，他写下属于自己的流转的时间和静止的空间。有时他在目空一切，像书写另一个世界："蝴蝶只在山中，无心舞蹈梁祝/蜜蜂只为蜜蜂酿蜜"（《山花》）。心之所系，景致所至，人生况味杂陈，但很快像浮云而过，豁然而开。

王维诗云：空山不见人，但闻人语响。山水给人的是无限遐想，人在山中行，大概只能听到自己的脚步声。这种境况在作者诗中皆是，但读来不觉繁复，原因是他的诗歌语言意象营造鲜活而形象，多用平常话发现哲思和诗意："走过的路画了一条曲线/缠绕着山系住云/山顶摘星处竖着扛山的绳索"（《山行》）。贾岛的云深不知处和杜甫的一览众山小，在我看来是心境皈依的两种方式，他们有异曲同工之妙。作者钟情山水，他写下的是对自然万物的参悟和感恩，他怀有一颗虔诚而淡然之心，感受大地对他的馈赠。

2

诗人在面对万物有欲说还休之惑。"惑"是佛语，有"自相之惑"和"共相之惑"。人有惑和不惑之说。惑，迷失也。诗人写诗修身、冥想、养性、通达、正心、自解。古人说，诗言志，不见得是齐家治国。菩提是一种境界。空、无物，我等俗人恐怕解惑不了，但自古以来禅释之法有之，有人在近抵它，寒山子是旷古第一诗人，他被丰干禅师称为菩萨化身，他的诗歌嬉骂皆文章，但写的都是佛之宗义，但今人看来他又是位旅行家。

禅意之诗，通抵心灵。我是一个凡人，七情六欲，无所不在。能有树欲静而风在动之境也是大境界了。作者写了很多关于佛语的诗，比如《空》《色》《洗心》《刹那》《菩提》等，他在诗里道："一切缘起幻有，无我实体/不生不灭，不再轮回/是为诸行无常、诸法无我/涅槃寂静。是为三法印/像印鉴一样确定真假"（《三法印》）。他还有诗说："世界碧水清澈，投石不见涟漪/佛来佛斩，魔来魔斩。"（《静心》）这类诗歌参透着他对人生的哲思，为人处世之道。在诗艺上，他有自己的追求，他的诗歌语言明快，意境通幽。高僧向来都是晓理明示，不打诳语。诗人心藏菩提，善可以致远，力量无形。诗歌对人的宗教意义在于真、善、美，这和禅宗释义一致，禅意不着一字，尽得其味。

菩提本无树，明镜亦非台；本来无一物，何处惹尘埃。终生纷纭，心有明镜也不重要，心无一物也不重要，那么什么又是重要的呢？

看不见的在远处等着我们抵近。诗说：不说，少说。佛说：不可说。诗是可以这么写的。

3

上帝赐给大地最好的礼物是花朵。诗人礼赞它们，自己成了最幸福的人。

古人穷尽天下最好的词汇赋予它们神话般的非凡，花儿成了"美"和"好"的化身。

今人也不例外，作者在他的诗中表达："一双黑夜的眼/容忍夜的冷漠无视/许久时间闭目打坐/偶尔睁开，如玉、如莲/所见非所见、所思非所思，我一概不知/但那匆匆一瞥/成为心中永恒"（《昙花》）。他还写到梅、菊、兰等，这些花朵之气与诗人内心息息相通。他写花非花，若有所思，此物，彼物？古人在诗中常常借力打力，写的花却是人的气节和高格。

写诗不应是山水皆可观，第目之所及，未暇问名。它应是信手拈来，不刻意，且不走马观花。

作者写的这些梅兰菊，都是花中臻品。他写的那些花儿的诗折射的是自己的一种感怀和情趣，不为之定位方向。他写的花儿是很多人在自家阳台可以栽种的，还有些可能就种在田间地头。他说："山中兰花大写着孤兰/宁愿开在荒无人烟处，青山白云好相伴/胡适的那盆还须送还山中"（《兰花草》）。

不应问花儿为谁而开？作为物象的存在，让诗意飞翔起来，诗人还需要三思而后行。

司空见惯并不是坏事，别出心裁方能意味深长。

作者咏花的这些诗写出了新意，旧瓶换新酒。

4

诗人有故乡。

这不是一个伪命题。

有了故乡的写作就接了地气，生机盎然。诗人的故乡在哪里？是出生地还是居住地？李白的《蜀道难》是对故乡最好的阐释，他离家复杂的内心和对原乡的挚爱。但多数时候，故乡在别处，可能是一个具体的物态。比如，李白的月亮、杜甫的秋天、王维的终南，故乡在他们诗歌中，在纸上。但对现代诗人来讲，故乡在路上。

《尼泊尔散记》不是一组诗歌见闻录，而是一次心灵洗礼的朝圣。

诗人穿越的不只是时间，他在穿越一种文化之殇，通过比对日常的差异发现诗意和精神的故乡。我没去过尼泊尔这个国度，它的神秘性是否矗立存在，我没有细想。但我觉得巾井与守庙同在，就像我的故乡一样，村庄与庙宇不过一墙之隔。浮躁与肃穆，嘈杂与宁静同在，怡然自得。

在异乡，在路上的发现之旅——从地理到文化，从生活到日常，从民俗到宗教，如此不同的反差，诗意事实地存在了。通过什么形式写都不是什么问题。镜头的间断和色彩的变换——使得他笔下的那片陌生的土地更加多姿多彩。

5

大地是个母题，是诗人永远书写不完的对象，攫取一抔泥土就能泉如思涌。

他对应天上的彩虹写下七种大地上的色彩，通过分类和甄别抵达诗意，匠心难得。

这组《大地彩虹》写法很现代，少了些许新诗的痕迹，用"城里女孩遗失了红嘴唇"（《柿子树红》）对应"红宝石"般的柿子。"青苹果园挂着许多甜涩的童年故事/青苹果园走过那么多表妹"（《苹果青》）。这些纷呈的意象构成了大地宽阔的气象。这些诗句写得很洋气，诗里行间跳动着诗人的智性和才气。没有人能阻止诗人思绪的扩张，他要奔向一切，拥抱它。

这是诗人的激情，有人已经开始出发，有人纹丝不动。这是诗之区别。

激情对诗人来讲是诗歌的起搏器。

要么你在通往诗歌的征途，要么你已经被拉下了马。

诗人比拼的是才华和激情，二者缺一不可。

作者厚积而薄发，三十年磨一剑。他该毫无牵绊，不讲道理，甚至是指鹿为马地进行诗的创作。

6

我不知道他为什么给自己的这组作品定为《逝》，是追逝？是走失？还是消失了？

这些无法承载的斑驳的生活片段，留给了作者些许的沧桑和伤痕。中年心态、生活之重、人生囧途，不期而遇。他开始追忆逝水年华，走失的人生轨迹有哪一节子？消失的故事还需要重温么？他开始面对的是不断的问题，但这些都是诘问，需要自己去回答。

透过这些诗，他对逝走的时间和消失的过程开始了反思，进行了形而上的思考。这是必须的。生活不能承受之重。他的变化从容起来，"如计算机清零昙花绽放／鱼的记忆不超过七秒／抽刀断水插下摩西的神杖／抛开泛黄记忆，顺清流而下"（《逆流》）。他缓缓地张开内心，舒展心态，尝试从生活的另一个侧面寻找问题的答案……

他写下了这些铿锵有力的诗句："那些年，我们不看童话／只生活其中"（《童话》），这分明是生活的誓言，没什么能够把自己压倒。从这些诗句中，我们能看到他诗歌的质地是向下的，粗壮而有力。人间烟火，灯红酒绿，皆为诗之大道。白居易在青楼写下《琵琶行》是绝世之作，影响旷远，白居易识得生存艰辛，便得了诗道，成为一代诗魔。

逝者如斯夫，不舍昼夜。

诗人不应认为万物皆下品，唯有读书高。书斋是究其学问之地，探究考证和考据之学。也许有人才富八斗，汗牛充栋，也不过是一匠人而已。

向生活低头，写作接地气，不媚俗，不跟风，从容不迫方能做到宠辱不惊。

7

大地和时间一起沉沦。

当万物周而复始地接受时间的经过时，没有人无动于衷。

诗人更是皮肤过敏者。

诗之轻重不在题材大小，不在语言重心下移，而在意向远方。白日依山尽/黄河入海流，是一种气度，开阔而肆无忌惮地写下场景，不着雕饰却尽显风流。小桥流水人家/古藤老树昏鸦，写一种境象，漫不经心似的写下匠心之作，道尽人间世态。

作者的《十二月》是一组以时间为序的作品，

写景、状物，寓意、寓情，诗人情感奔放，充满担当、豪迈之情："二月，站在萌动的麦田迎着风/那打着结的心事/蛛丝般的孤独忧伤/让风一刀两断吧"（《二月》）。诗言志，言什么志，关乎情，他在大地之间，在时间之上，舞蹈和歌唱……

我几乎在他的诗里找不出一丝幽怨，他诗歌的节奏如明快的步子，轻轻拍打泥土散发芳香。诗人善于捕捉大美的情愫，这种健康和正气非常难得。或许有人对此不屑，但我觉得心存高远，无谓大小之我。作者做到了前者，他是一位真诗人。

8

虚实之间，是诗歌的技艺，也是处世之道。

中国人讲究中庸之道，务虚，形而上之；务实，等而下之。我们高估务虚的意义，而轻视对还俗的价值，我们重伦理而轻实践，重隐归而轻显出，重社会而轻个人，我们自有一套价值体系，对外来文化的兼容并蓄做得不够。诗意的表达也是如此。写实，明晃晃的，看山是山，看水是水；写虚，雾蒙蒙的，看山不是山，看水不是水。两种抵达，两种境界，无分高低，殊途同归而已。

作者写道："上面熙熙攘攘，走着万千脚步/开辟为旅游景点/抱孩子的就让黄口小儿随便/蚂蚁出窝成群结队/太岁头上谁想动土就动"（《旧皇帝》）。

历史成了现实的反讽，明抢一晃，嘻怒笑骂皆文章。他对历史和现实的批判入木三分，在虚实之间没有停摆。隐士和勇士，对诗人来说并不矛盾，并非非此即彼。读了他的组诗《虚实之间》，我用王维的诗句表达我的想法：行到水穷处，坐看云起时。虚实如此充分，诗意遍抵天下。

9

中国元素是古典诗歌的要义，民族性是不能回避的问题。

中国水墨、中国戏剧、中国音乐、中国节气都是特有的，富有东方神秘的文化色彩，个性的中国脸谱已成一种时尚。这些具象是中国文化悠久的沉淀精华所在，诗人在面对身边的日常都会来自文化的洗礼。寒山子的诗歌在一千多年后被翻译到欧美，却成了美国垮掉一代的宗师，东方的神秘主义宗师在不断被误读和被超度，也许这是对诗歌和中国文化的再创造。

立春、雨水、惊蛰等十二节气，诗人看季节变换，其实是写人生几何，暖冷自知，借物抒怀。古典诗词的意境，以及对诗歌意象的挖掘都是讲究的。他写《立春》："一场彩色暴雨将持续/红了樱桃，绿了芭蕉"(《立春》)，恰到好处的语言留白却意味深长，诗歌讲究隔和不隔，张力和弹性的语言为的是将诗意抵达的更远。好诗都是通晓的，所谓书斋写作将诗歌艰深偷换为艰涩是可耻的。王维所谓禅语之诗，儒释道宗为一体的诗歌没有一首是读不懂的。诗人都在写口语家常是将诗歌更远传达，按今天的营销法来说也是一种传播策略，终究却是由诗歌艺术本质决定的。

2014. 3. 18

一个诗人的底色

周公度

诗人高彦平写于三十年前的最新诗集《一样的河东河西》，与当时的时代潮流，朦胧诗、现代派、后现代等等，毫不相干。

他写了一本放在今日中国，更易于读者欣赏赞叹的诚意之书。

诗者，发乎于情；情者，形成于诚。"诚"字决定文本的风格，包含内容甚是丰富。虽然只是一个简单的"诚"字，但如果成为一个诗人的底色，那意义自是非凡，在一定程度上，这样做等于放弃了一切修辞，一切技巧。

我读诗人高彦平的这部诗集，很是惊讶。这惊讶缘于我认识他十几年，前两年对他突然出版了两部风格特具的诗集已经很惊讶。

在《十二月》《花事》两部诗集中，前者体现了他捕捉瞬间之美的才华，后者则是国内少见的照应古典又颇具欧范的体系之作。

这两本诗集，可以很明显地感受到诗人的各种经验，诗学的、美学的、哲学的，乃至生活的；《一样的河东河西》打破了这个限制，回到了原点。

所谓经验，一经说出即是限制，它影响诗的节奏、结构，从而影响遣词造句等等诗的各个环节。所谓诗的原点，就是所有的修辞和技艺均为情感本身所系，止于当止，绝不泛滥。

《一样的河东河西》解决了这个问题。多数篇章简单又饱满，稻穗小麦一样，看得见的自然。又兰花一样，清透，却又延展。而语感，又是夏秋之交的瓜果，爽迈、直接。清透与自然、直接，是文字"简单美学"的主要特征。

把一场偶然相遇处理得像是青梅竹马。什么是青梅竹马的语言？就是只言片语，就是举手投足，就是意在言外，就是欲言又止，"嗯哼"一声，不需要说出来。对于一场原本旷日持久的恋爱而言，他有十足的把握依靠寡言少语取胜。

就像《十二月》展示的他精湛的缩略之功及《花事》展示的对语言的准确控制和娴熟的修辞经验。虽然《一样的河西河东》与二者的基调完全不同，但诗的基因当属一脉相承。三十年前隐于无形，更显浑然天成。

在现代诗艺的范畴内，简单的美学与繁复的美学是两个平行的存在。弗罗斯特与艾略特，互相赞叹；夸西莫多与埃利蒂斯，彼此倾盖。

但在中国的古典诗学中，至简至美，"简"是所有艺术的唯一美学目的。

举凡水墨、瓷器、雕塑、建筑、音乐，无一不是如此。繁复是民间鉴赏的标准，如戏曲的美学，杂技魔术的美学。

简的美学，有两种途径：一是借由经验，这是现代诗人的主要方式；一是发心由诚，秉承上古。诗人高彦平写于早期的这部短诗集，很奇异地属于后者。

诗的秘密很简单，就是把人世间的复杂之物用最简单的语言表现出来。

考验诗人的只是"简单"二字。

巧匠易修，朴拙难成。

在整个文化界热衷于史诗巨著的时候，他们无从得知中国古典文学的核心美学，其最大的魔力即是短诗的宏阔。所谓花中世界，沙中宇宙。太珍贵了。

感谢诗人高彦平予我的启发。

2016.6.10　西安

生命感悟的诗意表达

丁　斯

去岁冬，当我读到彦平兄组诗《十二月》之《三月》《十一月》时，我的心砰然而动，像被什么东西撞击了一般，干坼的土地感到湿润，坚硬的外壳变得柔软。我知道这是诗的魅力打动了我。作者已经明白了诗的秘密，探到了诗的真谛。诗歌就是要表达真我，抒发真情，追求精神人格的独立，展现思想情态的自由。

从去岁冬到现在，短短两三个月，作者进入了井喷式地创作，陆续给我发来了一百多首新创作的诗歌，使我真正享受了一次多年未有的诗歌阅读大餐。

一

诗心——我感故我在。

古人云，诗人要有赤子之心。就是说诗人要保持心灵的纯洁、心态的宁静，保持对生活的灵敏感受，保持对生命的真切感知。诗人之情感，应如平静之湖面，一丝微风就能荡起涟漪，诗人之心灵，犹如紧绷的琴弦，一搭弓就能发出美妙的音响。

作者赤心未改，痴情不变，对生活感知灵敏，对生命感受丰富，近作诗歌，多为组诗，题材多样，情趣盎然。有对岁月变换的体验记录，如《十二月》《二十四节气》；有对佛义禅心的真切感悟，如《菩提》《尼泊尔散记》；有对人生命运的深入思考，如《逝》《虚实之间》；更有对自然景象和风物的细心描绘，如《大地彩虹》《山中》《海望》组诗。《大地彩虹》对应彩虹描写了自然中富有生命力的赤、橙、黄、绿、青、蓝、紫。《山中》组诗几乎囊括了作者对于山间风物和生活感受的全部。

"登山则情满于山，观海则意溢于海"，就是要诗人开放心灵，全面感知，拥抱生活，深入体验。正是这样，在作者的眼中，才能无处不画，无处不诗，满眼是谒，满目是诗。

二

诗意——我思故我在。

人是理性的动物，人区别于他物的主要特征就是"人在思"。

诗歌是有意义的，当然要抒发人的心绪情感，表达人的所感所思。

我们生活在钢筋水泥的丛林中，却怀着村舍炊烟的乡愁，我们行走在摩肩接踵的人群中，却像狼一样感受到流浪的孤独。

人生的意义谁去追问，生命的真谛谁去探寻？只有诗歌是我们心灵空虚的安慰语，只有诗歌是我们精神污染的解毒剂。人应该怎样反思自己的生活，应该怎样去写诗？

这一年很慢
女儿读高中　十年寒窗熬吧
这一年很快
转眼女儿上了大学
从小就陪她的狗只能吃大龄犬粮了
这一年乔迁了
尽管窗外声音轰鸣像在飞机场
我和老婆相爱充耳不闻
这一年旅游时我用手机照相
除了发微信还给别人点赞
这一年会唱《心经》与《十一面观音
　　根本咒》了

这年末　我开始写诗
我不在乎诗人的称谓是褒是贬
　　　　　　　　——《这一年》

时间很慢的这一年，时间很快的这一年，历史变迁的这一年，科技发展的这一年，生活丰富的这一年，儿女情长的这一年，生命觉醒的这一年，诗神降临的这一年……一首诗包含了多少故事，一首诗包含了多少秘密，一首诗包含了多少情感，一首诗包含了多少哲理，一首诗包含了多少希望，一首诗包含了多少辛酸。尤其是最后一句"这年末，我开始写诗/我不管诗人的称谓是褒是贬"，更是一种知天命而后的精神自由，参透人生而后的心灵绽放。

去年那座桥该通了
去年那棵开花的树该结果了
去年等的人该见了
一月，我撒下草籽等待收获

——《一月》

二月　站在萌动的麦田迎着风
那打着结的心事
蛛网般的孤独忧伤
让风一刀两断吧

——《二月》

四月　莺飞草长　花开花落

我有的是喜悦　没有的是忧伤

——《又四月》

我想了许多做了很多

许多想了没做许多没想做了

五月　像我的感受和体验

——《五月》

十月　天地结成果子

所有美好都尽在美好

——《又十月》

　　自由，平和，圆融，富足。生命不息正是应该这样饱满，这样通脱吗？

古籍书尚在聱牙戟口依旧

我的牙齿却有些松动

窗外的风花雪月一次次飘过

我开始查找词典中年轻这个词条

——《年轻》

总是敲错季节的门穿错衣裳

——《四时》

心形成巨大漩涡，加速离心运动
那沉淀的沙金、沉船、偶像
升腾的幻象——抛甩
漩涡内纯净再无二念

漩涡不再旋转而心净如初
内心外心融合为一
世界碧水澄澈，投石不见涟漪
佛来佛斩，魔来魔斩

——《静心》

有对照韶华易逝的怅惘，也有对命运无常的感叹，但更多的是对内心体验的关照，对精神澄明的谒赞，既有包容，也体现出尊严。

三

诗境——我言故我在。

生命的感悟只有通过诗歌语言表达出来才能成为被阅读的对象，我感、我思到最后必须通过我的言说，才能完成诗歌的创作。而我的言说，必须是诗意化的表达。语言生动，意象鲜明，情感真挚，体验独特，思想深刻，意境深远，风格独具，魅力无穷，是每个写作者终生追求的目标。

　　每个写作者都有自己表达的方式，每个诗人都有自己言说的特点。作者能诗，亦可谓胸中久积块垒，不吐不快，亦可谓浸润日久，厚积薄发。他的女儿高璨在他的悉心教导下，已经成名，属天才的少女诗人。可见他对诗歌的偏爱与痴情非止一日，亦可见他对诗歌的理解应超于常人。读他的诗，首先感受到的是诗歌语言的魅力，自然晓畅，轻松自如，具有口语的朴素，也具有诗意的典雅；尤其是一些看似不经意的自由式语句，犹如山涧溪流，一会儿激起浪花，一会儿转折方向，一会儿逗留嬉戏，一会儿飘然向前，跌宕起伏，无以名状。

　　十一月　百花凋谢雪花纷飞
　　南山下的陶渊明笑了
　　东篱的菊花此时争奇斗艳傲然绽放
　　绿了春夏的老树们
　　奋不顾身再去火一把
　　那棵叶子脱尽的老柿子树
　　高高挂起自己的赤诚

　　我迎风出门解开包裹严实的大衣
　　一眼望见那远处悠然的南山
　　今天我要请假

今天我要独自上南山

——《十一月》

看似长短随心，任性而为，实为境由心生。自由的语言表达的是自由的心境，独特的语言体现的自然是独特的感受。两个"我要"，一个"独自"，凸显出了作者追求精神自由和心灵解放的主体意识和决绝意志。

"今天我要请假/今天我要独自上南山"，"请假"和"上南山"，一则现实，一则浪漫，不但显示出作者捕捉生活细节的能力，也显示出作者在写作中对虚实结合、奇正相生的艺术手法的理解和运用。生活中有美好的诗意，也有无奈的桎梏；有"独自上南山的"心境，也要有不得不"请假"的烦恼。这样的诗句是来自现实具有生活质感的诗句，这样的生活是充满生气富有诗意的生活。

小小骚动后重归寂静
引来蚯蚓松土的声音

——《山夜》

蚯蚓松土声音我们能听到吗？但这分明是真实的，分明是可感知的。这样的描写形象生动，一下子就让阅读者体会到了山中夜晚无法言说的寂静。
这就是细节的力量，这就是文学艺术想象的力量。

> 我的前方只有蓝浩渺的蓝
>
> 没有了天没有了水没有了地平线
>
> 蔚蓝的一望无际的一堵墙
>
> 鲲鹏裹挟大海展翅的蓝
>
> 天融化在水里的蓝
>
> 水消融入天的蓝
>
> 绝望的蓝喘不过气的蓝
>
>
> 一抹淡淡的白云挽救了我
>
> 仓央嘉措定是在这里迷了路
>
> ——《青海湖蓝》

有这样写青海湖的么？有这样写自然景色中的
蓝色的么？在"绝望的蓝喘不过气的蓝"中，被
"一抹淡淡的白云挽救"，不能不说是神来之笔。这
样的意象，这样的意象组合所传达出的神奇感受，
可以说触到只有诗歌才能有的文学意境。

> 遍野山花散开山坡
>
> 加德满都像绽放在巨大山坡上

像这里自在动物

窄街小巷愿长哪里就哪里

矮楼小院随意摆放

总有绿枝红花出墙来

藏不住历史的尾巴

——《加德满都》

"窄街小巷"由心"长","矮楼小院"随意"摆放","绿枝红花"出"墙","历史的尾巴"可以"藏"。这是童话，也是梦境，这是历史，也是现实，是诗中的历史与现实。作者能写出童话般的诗句，表达出儿童般的心态，这不就是诗人的赤子之心么？

沧桑历尽归于从容，简朴至极复现烂漫。这就是诗心，这就是诗情，这就是诗思，这就是诗境。

我们一生疲于奔命，整天像没有目的的陀螺，总担心停转就会倒下去；我们一生庸庸碌碌，像没有方向的旋风，拼命在干枯的草堆上面打转，扬起的不是生命的草屑，就是日子的灰尘。我们不知为谁而话，为什么而活！

让我们慢下来，静下来，好好读诗，读读好诗，细细品味，回归内心，确认自我，给日子涂一抹亮色，给生活添一缕诗意。

感谢诗歌，感谢彦平兄，让我读到了优美的诗歌，让我发出了诸多内心的感慨。

2014.3.9 于龙首村

非 常

安 黎

花很美，亦很平常。花装点了我们的生活，给予美的享受。假若自然界没有花这一物种，我们的生活会是怎样的单调，怎样的不堪？

花是大自然的精灵。上帝怕人变得丑陋，变得低俗，变得丢掉审美能力，变得失却嗅觉与味觉，便赐予人间以花朵，让其作为人的陪伴物与参照物。

人大都有审美的雅好。而花朵因其美丽，因其妖媚，因其灿烂，因其芬芳，因其楚楚动人，因其风姿绰约，总能引起人们的怜爱。因为爱花，便养花、赏花与颂花。相应的，咏花的诗文，也几近泛滥成灾。类似于花这等耳熟眼熟的吟咏对象，书写者若把握不好，其笔下的文字很容易落入俗套，化为一种令人生厌的陈词滥调。但读高彦平诗集《花事》中的诗，我却感受到了一种久违了的陌生感、新鲜感。这等异腔异调，这等任意随性，这等华而有实，这等逸而不飘，这等油而不腻，我在日常阅读中很难遇到。

我对作者的文字之源充满了好奇，也充满了疑惑。是汲取中国古典诗词的奶汁了吗？仿佛不是；是吞咽西方古代经典的"奶酪"了吗？仿佛也不是；是捡拾了印度日本等东方先贤的牙慧吗？仿佛更不是。也就是说，他的笔下，没有"诗经""汉乐府"、李白、杜甫的印痕，也没有《荷马史诗》、十四行诗、但丁、歌德、拜伦的剪影，更没有泰戈尔、川端康成等人的唾液。

他不像这些诗人中的任何一个。他喝过牛奶，啃过玉米棒，吃过猪肉炖粉条，也饮过威士忌酒，尝过三明治和沙拉。吃猪肉，不等于想变成猪；吃螃蟹，不等于想四条腿横着爬行。他广泛汲取养料，杂糅一切风格，其目的只有一个，那就是成全自己，成为自己。

高彦平的诗歌之源就是高彦平自己。他刻意回避着读者熟稔的路径，刻意躲避着诗坛的摩登时尚，执意要给诗歌重新塑形，重新铸魂，重新开路。诗之源，源自于心；诗之魂，源自于脑。于是，词句之船，就在诗魂的河流里，划破水面，尽情地游荡与打捞，遗留下了一道道的水痕。

古人吟花，今人咏花，不外乎这么几种套路：或以花寄情，或以花言志，或以花拟人，或以花托物。

花最好写，亦最难写。因为熟识，因而好写；

因为熟识，却又非常难写，正所谓"画鬼容易画人难"。鬼谁都没有见过，不论画成什么样，别人都不好说三道四；但画人就不一样了，稍有偏差，便会引来非议。

花很诱人，也易迷魂。无数的咏花者，堕入花的香艳之中不可自拔，于是写出的诗作，常常带有一股脂粉气，显得肤浅，庸俗，软中无骨，无病呻吟。

作者没有在花丛里迷失自己。他的笔在写花，心却在别处。写花只是他的表象，是他摆出的迷魂阵，是他搭建的演艺场。在这座花束簇拥的舞台上，他要唱的戏，远非咏花叹花那么简单。指鹿为马，指桑言槐，笔游花中，意在花外。于是花，只是他一首首诗歌的引子，是贯穿于他整部诗集的一根关联线。

他的诗在我看来，带有意识流的魔幻，即具有当下人们之谓的"穿越"功能。诡异多端，瞬息万变，犹如魔术，无法按照正常的逻辑与惯性去阅读，去理解，去把握。令人称奇的是，他把许多看起来与花无关的古人今人、古事今事都信手拈来，与花粘贴，与花交织，让人读起来既出乎预料，又猝不及防。屈原、李商隐、小仲马、鲁迅、苏轼、李清照、唐玄宗、杨贵妃、白居易、陶潜、梵高、王维、陆放翁、徐志摩、普契尼、孔子、司马迁、杜甫、佛祖、贾宝玉、史湘云、朱熹、柳宗元、荀子、堂吉诃德，等等天上与地下、古代与现代，真实与虚构的神仙与名人，他几乎能搜罗穷尽，使其成为自己修筑诗歌之塔的砖石；《诗经》《图兰多特》《本草纲目》《晦庵词》《尔雅》《本草纲目》《神农本草经》《红楼梦》《本草图经》《山鬼》《梦溪笔谈》《劝学》等古今中外经典，他搬动着它们，让它们成为自己诗歌之林的晶莹露珠；"屈原让小山神乘了你的车"（《木末芙蓉》）、"小仲马将著作写给了茶花女"（《山茶花》）、"太平瑞圣花，宋仁宗题名"（《瑞香花》）、"鲁迅让樱花美在东京/也让大清的辫子留在樱树下"（《樱花》）、"玄宗将贵妃醉酒比作海棠未醒"（《海棠花》）、"韩愈为五月榴花唏嘘"（《石榴花》）、"马嵬坡上有谁胆敢六军不发"（《并蒂莲》）、"耶稣加利利传道"（《向日葵》）、"易安居士的一次相思"（《菊花》）、"传来古老的隋杨广的笑"（《三色堇花》）、"胡适山中带来的那盆兰花草"（《兰花草》）、"发生了薛仁贵王宝钏事件"（《绣球花》）、"刘备织席终未成正果"（《芦花》）、"陆放翁植花园中，种兰种玉簪"（《百合花》）、"戍边的岑参有了一点花痴"（《梨花》）、"刘禹锡也移宴池上观赏"（《樱桃花》）、"黛玉终于一时绽开了眉头"(《菱花》)、"锄禾日当午的李绅暂时放下锄头"(《扶桑花》)等历史典故或历史传说,他支配着它们,让它们成为自己的诗歌之河的浪花。

这些人,这些故事,这些典籍,加上不时引用的中外古今诗人的名句,既显示了作者思维之宽阔,知识之渊博,又印证着他诗歌体魄之饱满,含量之丰厚。中外历史人物与中外古今故事,拓展了诗歌的疆域,让本来满足于在围墙之内繁衍繁华的诗歌,突破了原有的局限,于天地间汪洋恣肆,任意疯长。他用手中的笔,彻底脱去了诗歌的紧身衣,让诗歌从绳套中逃离出来,在旷野里放纵,在繁星下打滚,在草地上撒欢,在深海里游泳。信马由缰,却又信马有缰;散漫无度,却又收束有度,这样的特性蕴含其中,从而使他的诗歌,读起来别有滋味,回味无穷。

作者诗歌极为特别之处,在于他没有留恋于旧,徘徊于旧,也没有逐流于新,趋炎于新,而是在新旧之间,寻找它们内在的共通性与相容性,从而创造出一种别具一格而自成一体的诗歌载体。这种诗体,非牛非马,却牛马兼而有之,把它浓缩成一句话,那就是古典美的现代表达。古代诗人颇为中意的古体诗,意境很美,词句很美,节律很美,融博大于短小,裁繁冗于简洁,剪参差于齐整,但其局限性，也显而易见。古体诗最大的弊端，就是过于拘谨，过于作茧自缚，从而使活力四射精神奔放的诗歌，遭到了囚禁，遭到了束缚。诗歌的自由精神，诗人的自由个性，活生生被遏制，血淋淋被消解。古体诗是古代社会的衍生物，它发芽并生长于古代那种特定的人文环境与自然环境中，与农耕文明相依相伴。古体诗是过去时，而不是现在时，更不是未来时。古体诗属于古人，不属于现代社会里的现代人。给现代诗歌，穿一件长袍，披一件马褂，戴一顶狗皮毡帽，显然不合时宜。于是，现代诗人另辟蹊径，创造出了令人眼花缭乱的现代诗。那么，现代诗又怎样呢？我想，只要对现代诗稍加留意的人，心中自有答案。现代诗的光怪陆离，现代诗的无病呻吟，现代诗的孤芳自赏，都使本应自由驰骋的现代诗，误入一条窄而又窄的死胡同。更为致命之处在于，现代诗没有与时尚保持应有的距离，而是紧跟着时尚，与时尚亦步亦趋，致使诗歌的寿命，大为缩短。诗歌千古事，并非消费品。但现代诗歌，受香艳之气的熏染，受功利之风的驱动，以霹雳舞般的高速旋转，以近乎呓语为自己唱响了挽歌。

作者不皈依于它们，但也不排挤它们，而是弃它们之短缺，撷它们之悠长。他的诗，内在精神很自由，外在形式很随意，不刻意于句式的长短，不拘泥于韵律的规整，乍一看，就是地地道道的现代诗。但如果把他的诗和那些流行诗进行比较，便会发现，两者之间隔着一条隐隐的界河，你在河的此岸，我在河的彼岸。很多很多的现代诗，越发地趋向口水化、庸俗，既不能启迪人的思考，也不能给人以美的滋养。诗歌里没有诗意，是现代诗的致命伤。

相反，读《花事》中的自由诗，总能产生一种如饮甘醇的强烈感受，那种醇厚，那种余香，绕梁三日，令人久久地回味。

怎么会这样？答案无疑就在他的诗中。

仔细透析作者的诗，则会发现，他其实是在现代诗中，溶入了些许的古典元素。也就是说，尽管他写的是长短句，却在执意追求着一种古典的美意。古典诗所特有的那种意境之美，如扭捏的潜流，如飘忽的云雾，蕴含于他的诗中，浮游于他的诗间。从一句句的话，到一个个的字，作者都颇为斟酌和讲究，不到极致，绝不罢手。高明之处在于，他的诗看似漫不经心，却极具用心，看似随便，却并不简单。明明存有针线，却天衣无痕；明明进行过修补，却焊接无缝。那种"小桥流水人家"的幽静之美，那种"古道西风瘦马"的悠远之意，在他的诗中，以一种新异的面目出现，并展示得淋漓尽致。

作者的诗只要抿一口，就知道是陈年老窖——他的诗来自于持久的酿造，来自于蜜蜂勤劳的采撷。

显而易见，高彦平是一个唯美主义者，他的诗歌，不但内涵极为丰沛，而且也非常讲究布局之协，意境之雅，句式之美，韵律之工。比如，"李后主闲梦远，望见深处停泊的孤舟/芦花如雪，寒冷了千山江山/更那堪，笛在月明楼/南国的清秋更清秋"（《芦花》）——活脱脱的就是一幅画中画。再比如，"一簇簇紫红色花相拥枝条/如火如荼燃烧的情谊/演化了三荆欢同株手足情故事/风吹紫荆树，也吹来杜甫胞弟失散多年后消息/忧郁诗人脸上难得一笑"（《紫荆花》）——景中有人，静中有动，在景与人聚合而成的画面中，滚动着栩栩如生的故事。再比如，"露申辛夷，死林薄兮/屈原总那么急于被认可，感慨瑞香辛夷死于荒野/大浪淘沙，终于杨贵妃见了/羞回眼尾，愁聚眉丛，百媚顿失"（《瑞香花》）——把两个相隔千年的悲剧人物拉拢在一起，粘贴在一起，营造出了无与伦比的艺术冲击力与震撼力，起到了振聋发聩的功效。至于"看见梵高的十二幅向日葵/看见它们烧掉梵高的一只耳朵"（《向日葵》）之类的旷古奇句，更是比比皆是，数不胜数。

就我目力所见，古今的诗人咏花，单花的品种而言，少则三五种，多则七八种。而像作者这般将一百二十余种花集中于一纸，吟咏个遍，我几乎未曾见过。仅这一点，就创造了一项新纪录。一纸花香，满书绚烂，土匪拿刀杀人，教主拿箴言吓人，高彦平实心是要拿花醉人。

似 玉

周公度

此世间最美的事物，莫过于美人与花。

而对美人最佳的赞美，便是"如花似玉"。此赞词鄙俗，欢喜又贪婪，历经民间俚曲与通俗话本使用，依然有效；只是因为花为美人之形体的比附，玉却为美人之内质的寄寓。玉为精髓，涵养魂魄；如若美人之德比如君子，温润如玉，便是人间至为难得的妙事。所以，自古论玉记花之作，柔肠百结或露滴明艳，其实均为对美与德的规范和心得。

明末陈淏子著《花镜》六卷，详叙花草培植之法与类考，甫一面市，即被奉为"栽花务果秘诀"。后世翻刻，更是多以"秘传花镜"名之，足见此书在时人心中的位置。民国黄岳渊，则著有《花经》一书，其时，沪上名家如周瘦鹃、包天笑等多有赞誉。然同为园艺观赏，此书因科普的时风所致，远不若《花镜》深具名士山人之气。更不得诗意。

诗人高彦平别开生面，以新诗为涵养古意的众花作传，著诗集《花事》一百二十余首。皆为结构精致的短章。从春夏到秋冬，自古昔至今日，如一部别致的现代《花经》，打通了诗意与植物的界限，重新梳理了一套人与自然的亲近谱系。逐一看来，大有置身花圃园林的感觉。他的这种"体系之作"，近似于古人的谋篇布局，是近年来国内少见的开先河之作。

但他的诗篇，又不拘泥于古风，也不枉开于新异，矜持有道。用情之处，曲致可怀，时而柔软若在绮丽之苏杭，时而空寂恰在终南之幽谧山谷。落笔之时，从容、舒展，又宽阔、荡漾，有萱草之碎心忧怜，也有曼陀罗之通神悦意，让人有居住于今日喧嚣市井的愧疚感。有人在冷气店内吃着冰激凌玩游戏，有人却在郊野山下观赏神农之上古鸢尾，晚唐豆蔻之聘婷。集中隽永之妙解，层出不穷，深得韦应物、杜牧的传统，令人叹惋。

历代以花为题的诗文、别集众多。宋代张翊，本长安人，亦曾撰有《花经》一卷，将世间之花以品命相分，秩序井然。为花分次第；分别之眼识，不见佛陀与菩萨，总是使人伤心之事。牡丹与杜鹃，原本分居庭院与山间，此处分野出了上下，委实不够淳厚。《花事》集中，群花平等，荼蘼月季、芙蓉玉簪，气脉与梅莲想通，日本的京都与民国的西安相连。

我深爱这一视平等之心。无论芍药辛夷、樱桃海棠，抑或丁香玫瑰、蕙兰茉莉，诗人高彦平均能在简短的尺幅之内得每种花卉的深婉之心，却又有羲皇时代的玉石之温雅。如果用绘画呈现，是现代的水墨，而绝非抽象的油画。有这温雅之心，才能历汉而唐，中得六朝之密钥，婉约、清丽、简贵，又逸气隐约。居闹市之中，却远离尘嚣；如咖啡过罢，再品春茶。

我爱这朵朵小花。其侧有清泉，长流于茂林之夏。光彩四照。

2014.5.9 西安

天 问

姚鸿文

认识高彦平有些年头了，多年来从未见他著有一字，也就没有把他当成文学中人，作为朋友，甚至连文学都很少谈起，保持着与文学无关的友情。

忽然有一天，他说他写了一些诗让我看看，吃惊之余，多少还有些不屑。可是一看却不得了，这些诗打眼看去就觉得了不得。一时间，甚至激活了我沉睡多年的话语。那个根植于年轻时代的念头又顽强地冒了出来。这句话说完全应该是这样的：有些文学从业者爱好者，如果说不能写出好的文字好的作品，不如趁早改行，也算是对文学文字的一种尊重。这句话还有后半句，那就是，写作是要靠天赋的。全面理解起来应该是这样的：有的人写了一辈子，也不见有什么突破，能做到文通字顺已经是他的最高成就，有的人一辈子很少写甚至于不写，但一出手就是不凡，一出手就会令那些自命不凡的人无地自容。显然，高彦平是后者。

十一月，百花凋谢雪花纷飞

南山下的陶渊明笑了

东篱的菊花此时争奇斗艳傲然绽放

绿了春夏的老树们

奋不顾身再去火一把

那棵叶子脱尽的老柿树

高高挂起自己的赤诚

我迎风出门解开包裹严实的大衣

一眼望见那远处悠然的终南

今天我要请假

今天我要独自上南山

——《十一月》

　　这是首典型的职场写作，初看上去平淡无奇，甚至还有点"文法"不通，叫所谓的诗人很难入眼，但正是这样的平淡无奇才深深地打动了我。我第一次看到他的文艺作品，却超越我熟悉的口语诗，也超越了我熟悉的浓情体，甚至超越了我对一些诗歌作者的认识。我记不清是在何种情形下被这首诗打动的，但那一定是个冬天，在年终岁末的繁忙里，我与作者的心境合上了拍，也理解了诗者的烦恼与奔放。当时我在我的朋友圈子里这么评价这首诗：虽是百花凋零，也不见漫天飘雪，却实实在在是个收获季。不见田野的果实，却丰富了内心。十一月的明媚胜过三月的妖艳。

又看了他的几首诗，我思索着并没有把我的第一念头说出来，那时我还想，也许只是偶然的玩票，让他有了许多俗套诗人终生都不可能突破的东西。事实上，当时有很多话我没有说出来。除了那句可能秒杀许多诗人的话外，我还想说，这才叫诗，这才叫诗人情怀！

全诗看似随意任性，但能做到长短随心，心由境生，却又无粉饰无做作地一次完成了诗意的表达式。自由表达心境却是很多诗人不愿意或者做不到的方式。最难能可贵的是，作者在表达对自然的向往的同时，却始终没有忘记自由又是为何而生的，于是那种精神上的追求于现实中凋零，都表现出了作者意志追求的决绝，那就是，即使"请假"我也要上"南山"。

为什么这首尚算不上作者最好的作品却打动了我，我以为重点在于我重新认识了高彦平，他以诗歌的面目出现，再次证明了我当年就想说而一直没有公开说的话。这种有生活质感的诗歌，我们已经很多年看不到了。

直到读了他近期的诗歌才明白，他工作中的平静与单调，其实是蕴藏着丰富的诗人情怀，是有其

深厚学养背景的。所以当我读到他的第一首诗时，第一个冒出来的念头就是，很多诗人可以转行了！

事实上，作者这半年来的创作都有打动我的地方，也证明了我说的有些人就是天才式写作，而天才写作是不用学习那么多技法，也不用生拉硬套什么流派的。有些诗人，自成一体，却又彰显着他无所不能的能力；有些诗句，不用精雕，却步步为营地表达着诗人的学养；有些意境，不用生造，却道出了无数旖旎风光。

这话没有机会说，也不愿意直面表达，但我读了高彦平的诗，还是想把这些感触说出来。

近日再见作者，才发现他的很多诗我还没有看到，他的很多面我还不知道，于是，便细心研究起这本以《花事》命名的诗集。

写熟悉的事物不易，即使是美丽的花，再美它也不过是我们熟知的东西。古今中外，诗人们因其芬芳，因其妖艳，因其绰约，从气味到姿态，从雅趣到名称，凡此种种，可以说无一遗漏地被书写了个淋漓尽致，再写还能怎么写呢？但高彦平有这个能力，从他的《十二月》诗集里我已经看到了这种能力，所以毫不犹豫地接受了他的《花事》。

未识丁香茶前，已在雨巷中寻觅

丁香一样结着愁怨的姑娘
望她走出悠长又寂寥的小巷

已辨不清是花还是人
纤小文弱如丁，欲尽未放愁千结
……

佛门心平气和，不再儿女情长
南有菩提树，北有丁香花
　　　　　　　——《丁香花》

　　这是一种修炼，既是文学素质的修炼，也是一种人生意义的修炼。在我们熟悉的丁香花里，诗人以一种自我的表达式，向望舒前辈致敬，更重要的是，他表达了一种超越自我的情感。这正是高彦平诗歌的独特之处，他不会在花中迷失自我，也不满意于现状的自我，从而让充溢着脂粉气息的花有了新的生命力。

　　这一点，在诗人的另一首诗里更能够得到证明。

稻花开在蛙声里，预告丰年
辛弃疾半夜吟的非梦话
揉碎的光芒撒向这儿，波光粼粼

藏着万千条鱼儿

花非花，细小而美丽
千里稻花香且秀
稻花路上，红晴蛉伴绿螳螂
顶花王桂冠，桑花做王后
待到金秋，王国里流淌玉的河
　　　　　　——《稻花》

　　这是什么？是诗吗？是在写花吗？是诗，他把古典诗歌中的意境拆散揉搓进自己的理解，又把花非花的稻花做成王冠献给了人类世界，这种方式很多惯常的诗人是不愿意做的，因为一般他们都做不好也就做不到了。而高诗中，不但做了，而且做得非常好，我看到金秋收获时，玉河中那无数灵动的鱼儿。于是，那些对于我们再熟悉不过的东西也就充满了诗意。

凤凰飞向北海，非梧桐不止
召康公随行成王植树赋诗
梧桐生矣，于彼朝阳
满树梧桐花摇响紫色风铃，飘动清香
引得凤凰来，奠定成康成世

寂寞梧桐深院锁清秋

那是繁花落尽、流响不出疏桐后李煜

　的愁上愁

梧桐树凌霄不屈己

即使烧焦，也要做成一把焦尾琴

　　　　　　——《梧桐花》

　　最优秀的诗歌具有共同的特点：点到为止，一箭穿心！在写作中动不动就"啊"的诗人肯定是个坏诗人。

　　在《花事》诗中，古典的意境，诗人的故事，比比皆是，这不但彰显了诗人知识的渊博，思维的宽阔，而且还体现出了诗人的格局。高彦平在应用那些古典诗句古典意境的同时，又不受制于词句的原意，他在信手拈来的使用过程中，总能在有所超越中让你回味无穷，思索若干。我们不仅是在读诗，这同时也在读史，读惮。从这个意义上说，他打通了诗歌的共融性，从而创造性地开拓出自己的一片疆土。

　　我说过，有人终其一生也不会有创造性的诗句，而有的人却是厚积薄发一鸣冲天。我不知道，有多少诗人在读过高彦平的诗后还有勇气写诗。

　　　　　甲午三伏第一天于西影路畔

一本关于百花的诗集读感

李　星

　　一位作家朋友拿来了一本一种花一首诗，辑成百多首的诗稿。朋友和这部书的作者似乎要考验我的智力和专业水平，明知道文论上有"知人论文"的传统，但都故意将它的著作者隐匿不宣，让向来习惯于"顺杆爬"的笔者失去了比如作者年龄、经历、职业、学养等等参照，上演出"盲人摸象"的经典认识论悲剧。

　　他（或者她）或许是一个有着深厚的诗歌情结的文史工作者，虽然不以诗名于世，但却沉默而热烈地关注着当今的诗歌神坛，或不满于一些人的欺世盗名，或不满于诗人们急功近利的浮躁，始终执着于自己的诗歌理想和作一个真正诗人的抱负。为花而花，却不止于花，以花为媒，借助诗性的语言，表现出属于自己的智慧修养和默而不喧的情感、精神、气度，是这本书的特点。

　　作者怀抱着别样的诗歌理想，反对诗歌的高度政治化，也鄙薄着诗的放纵和滥情，执着于它的严谨和规范，追求着诗的纯粹和涵敛，让人想起孔子

"哀而不伤，怨而不怒，乐而不淫"的"中和"境界。

　　书中128种花的绝大多数对于笔者这种经历的人都是知道的，有的甚至能勾连起自己的人生记忆，在心灵深处唤起浓浓的乡愁；有些名字虽然陌生，但从诗的描述中，却也知道他们并不冷僻。为包括自己在内的许多人所不知道的，却是它们曾经的光荣，或曾经在古代的许多伟大诗人作品中出现过，并成为这些诗人表现自己情绪和人生处境的生动意象，或曾经有过非凡的过去，曲折的"花生"经历。我惊讶于作者对与这些花相联的古典诗歌、民俗、历史故事的熟悉和信手拈来的运用自如。因为作者的非凡眼力，这些曾经外在于社会和人的自然之花，竟都获得了神奇的人文意义。让人们（读者）或感到了自然的顽强生命力和世界的丰富，或感受到它们所曾寄寓的美好的感情和爱情，或从花的生存中感受到自己或人类的生存处境。既敬仰于先贤们的自然生命之爱，又追慕于他们所"对象化"于它们的人格品质。百花已经是春色满大地，江山无限好的象征了，而难得的是作者自己在每一种花中的情感和独特寄寓了。超凡脱俗，是自然之花的生存意境，同时也是128首的咏花诗的品质和意境。它们好像是唯美的诗，但细细品读，却又能品出生命和

人生的品质和厚度。

从本书鲜明而哲理化的语言和诗的结构特征来说，我是应该选出几首来具体分析的，但面对一首首诗的美丽与精致，首首的独特和丰富，我只能放弃。只能用严谨、凝练、含蓄，将丰富和深刻浓缩于每首 10 句以内的形式规范，融思的自由于语言的控制之中来概括了。可能正因为如此，它们才具有了于有限中寓无限的诗的品质，与宣泄式的滥情与放纵，与泛而空的虚夸，划清了界限，进入到真正的诗的美感境界了。

著名文学批评家李敬泽在最近的一次诗歌研讨会上，谦虚于自己是一个"业余的诗歌读者"，对于我来说，这就不是谦虚，而是实际了。因此，以上对于这本直觉之中很有追求，很见水平的诗集所说的话，就有班门弄斧，贻笑大方之嫌了。小说家的朋友和朋友的诗歌朋友尽可一笑置之。

2014.12.8　草毕

生命与诗意的美丽互动
——高彦平诗集《所谓集》阅读印象

谭五昌

你认识时间较长的一个朋友，你自认为对其整体上有个基本的了解，但如果有一天他（她）展示出了让你感觉绝对意外的才艺的一面，你一定会感觉惊讶乃至不适，甚至有一种被"冒犯"之感，因为你对他（她）的固定认知一下子被完全颠覆了。高彦平先生就给我带来了这种"非常"体验。好几年前，我去西安参加一个诗歌活动，在与几个西安诗友的聚会上，我认识了他，并很快成为朋友，他给我的突出印象就是非常睿智、理性、稳重、务实。记得当时及此后的交流中，他从未与我谈论过任何有关诗歌的写作、鉴赏与评论的话题，而谈论最多的倒是他女儿的写作话题，我感觉他完全是以一个家长的身份与心态去谈论的。直到不久之前，陕西学者张剑锋在北京与我聚会时，言谈中向我抖搂了一个秘密：高彦平先生也写过诗，而且最近准备出版一本诗集，我闻言大吃一惊，他的形象瞬间错位与叠加，一下子让我有些颇感困惑。事后，我找到

了说服自己认同其诗人身份的有力理由，他的女儿高璨是一位在文学圈内公认的富有天分的90后诗歌才女，这恰恰可以雄辩地说明高璨身上的诗歌禀赋与文学才华是其老爸基因遗传的结果。再者，西安是一座具有深厚诗歌文化传统的中国名城，生活在这个城市里的文化人，会写诗歌难道不是一件顺理成章的事情吗？

怀着某种好奇与期待相混杂的心情，我进入了他即将出版的诗集《所谓集》的阅读过程中。可以说，一开篇阅读，他的诗歌就带给我一份具有戏剧性效果的喜悦之感，因为我读到他的第一首诗歌（写于1987年11月9日）就打破了我对他的预期（也许我潜意识中还把他当成一位公务人员），他在这首诗中所体现出的不俗才情令我顿时对他刮目相看，且看全诗：

自从听说
甜蜜的爱情像诗一样
我就从诗里寻找
甜蜜的爱情

抱了舒婷的
顾城的

诗集
公开在阳台上

盘旋的鹰隼
冲击着一只信鸽
却有另一只
冲击着鹰隼

呢喃的乳燕
在屋檐下
等父母的哺育

两只猫儿盯着
墙上的苍蝇
嬉戏

喵——

却忘了找到的爱情
夹在诗集的第几页

——《证实》

这首诗以爱情为基本主题，一开始交代了作者

爱诗、写诗的原动力，接下来是对几组爱情隐喻场景的生动描述，意象画面跳跃而又自然，把几组恋爱对象不同的爱情关系与体验呈现得形神具备，令人印象深刻，尤其巧妙的是诗作的结尾，它的反讽表现手法一下子让这首诗的爱情体验具备了现代性特质，从而瞬间超越了上世纪80年代许多诗人关于爱情的传统体验与书写，不但有力的"证实"了作者的诗人身份，还充分彰显了他本人扎实过人的艺术功底。

通过对整部诗集的阅读，我发现诗人的创作具有几个鲜明的艺术特点，值得我们关注。首先是诗人诗歌创作的题材与主题较为广泛，在诗人笔下，不但有春、夏、秋、冬的各种自然风景的书写，也有人物的印象素描；不但有域外游踪与异国风情的及时展现，也有探入神秘禅宗领域的智慧感悟。例如，他在《菩提》组诗中努力追求呈现与日常经验不一样的神秘生命体验，从中折射出某种宗教文化色彩与审美韵味，我们试看《隐者》一诗的结尾："飞禽走兽尽如自己孩子/天籁之音袅袅/月光扯下如帛白纸/隐者的回忆不着一字"。这些与佛家与道家发生关联的审美文化经验的展示，以其空灵的表达方式，有效拓展了诗人笔下的精神世界的广度及其审美诗性经验的厚度，值得称道。

其次，诗人对色彩意象具有非同一般的敏锐表现力。大自然的许多色彩，在诗人的笔下，被予以了极其精微的描摹与表现。此方面的特点典型的体现在《大地彩虹》（组诗）中，诗人作为丹青高手的形象通过对花草树木等植物色彩的细致观察与描写而得以完全凸显。我们从《柿子树红》《森林绿》《苹果青》《薰衣草紫》等匠心独具的诗作的标题上即可以明显感受到这一点。诗人对色彩的敏感达到了一种纤毫毕现的感受能力，现以《青海湖蓝》一诗中的片段为例：

鲲鹏裹挟大海展翅的蓝
天融化在水里的蓝
水消融入天的蓝
绝望的蓝 喘不过气的蓝

这种通过不同视觉感受与联想加以完美呈现的色彩意象，对称性的表现了诗人丰富多彩的内心情感与生命体验，堪称是诗人创作上的可贵的艺术亮点。

其三，诗人具有丰富、大胆的艺术想象力。众所周知，是否具有艺术想象力，是衡量一个诗人是否优秀的主要标准与尺度之一。在这一方面，诗人

整体上有着良好的表现，他从不受到现实的拘束与规训，而是将自己的心灵与感觉彻底向世界敞开，并以此建构一个迥异于日常生活世界的超验性的神奇心灵幻境，我们现在以《三原色》为例：

> 我们的物质贫乏
> 甚至没有画家的调色板
> 只有我袒裸的胸膛
> 就躺下来
> 做一张调色板

从这个意象画面片段中，我们可以强烈感知到诗人的突发奇想，诗人优异的艺术想象力由此可以得到印证。

其四，诗人还具有反讽能力与幽默品质。前面提及过，诗人在很早的时候就在其诗歌作品中使用反讽手法，并且这一手法的运用基本上贯彻着诗人的创作生涯。反讽在这里，既是一种手法，也是一种能力，同时体现为一种幽默的审美品质，让诗歌文本的现代性经验与元素得以真正弘扬。这里再举他的《八月》为例：

八月，每个人心中都高悬一枚月亮

每辆车都有它的目的地
每家都会聚散依依
那夜，天将明月洗寰瀛

那夜，只有苏轼老儿欢饮达旦
错过了明月只好把酒问青天
我没有他一样的才志与大喜大悲
我会举头望明月低头嗑瓜子
但却有他一样的祈愿
祝天下人千里共婵娟

　　当下生活场景与古典生活想象的并置，以及戏谑语气与语调的表达，使得其文本的幽默与反讽效果立马显现，而幽默品质的持有，在很大程度上衡量着一位诗人的是否优秀与足够先锋。
　　总体看来，诗人的审美趣味是偏于古典的，浪漫的，也具有现代性，而当这三者融合在一起时，诗人通常能为我们奉献出许多精品力作，如诗集中的《油菜花》一诗，请让我再次把原诗全文引用如下：

桃花净尽时，百亩庭中开满油菜花
前度刘郎刘禹锡又来，感慨种桃道士

归何处

种桃道士都是些附炎趋势者

如今世界最大花园非油菜花莫属

那是太阳的炼金炉倾翻了

世上画家尽所能黄色描绘之

杨万里动员了所有儿童追赶黄蝶飞入

菜花

桃花净尽时，花不再一朵朵，色不再

白里透红

世界乃一袭金色油菜花锦帛

　　我觉得，这首诗的想象力是一流的，意象画面之美是一流的，表现力的精准、生动也是一流的。另外，该诗在古典、浪漫与现代性趣味的结合上也颇具典范意义。

　　最后我想强调一下，诗人的这本《所谓集》，前后横跨30年，但真正写诗却不到两年，中间搁笔了近30年，那些写于上世纪80年代后期的诗，再现了那个年轻人普遍充满创作激情的诗歌时代，那时候诗人的创作处于一种爆发状态，他青春的心灵对诗意充满敏感与热情，他写诗的灵感时时被点燃，生命的激情与美好感受通过诗歌的方式得以尽情表

达，可以说，这是生命与诗意的美丽互动，互相成全，互为印证。在当下全球化的语境中，人们对传统的东西充满一种美好的怀旧情感，在这个意义上，这本散发着上世纪八十年代精神气息的《所谓集》，反而给我们带来了一种古老而新颖的独特阅读感受。

在此，衷心祝贺诗人的诗集面世，它因蕴藏着作者本人浓郁的诗人情怀而显得意义非凡。

2016 年 11 月 5 日凌晨　写于青海西宁